ArDieN SAGA

아르디엔 전기

FANTASY FRONTIER SPIRIT

인기영 판타지 장편 소설

아르디엔 전기 1

인기영 판타지 장편 소설

초판 1쇄 찍은 날 § 2013년 10월 29일
초판 1쇄 펴낸 날 § 2013년 11월 4일

지은이 § 인기영
펴낸이 § 서경석

편집부장 § 권태완
편집책임 § 어정원

펴낸곳 § 도서출판 청어람
등록번호 § 제1081-1-89호
등록일자 § 1999. 5. 31
어람번호 § 제1-1701호

주소 § 경기도 부천시 원미구 심곡2동 163-2 서경B/D 3F (우) 420-822
전화 § 032-656-4452팩스 § 032-656-4453
http://www.chungeoram.com
E-mail § chungeorambook@daum.net

ISBN 978-89-251-3540-3 04810
ISBN 978-89-251-3539-7 (세트)

ARDIEN SAGA

아르디엔
전기

FANTASY FRONTIER SPIRIT

인기영 판타지 장편 소설

청어람
도서출판

CONTENTS

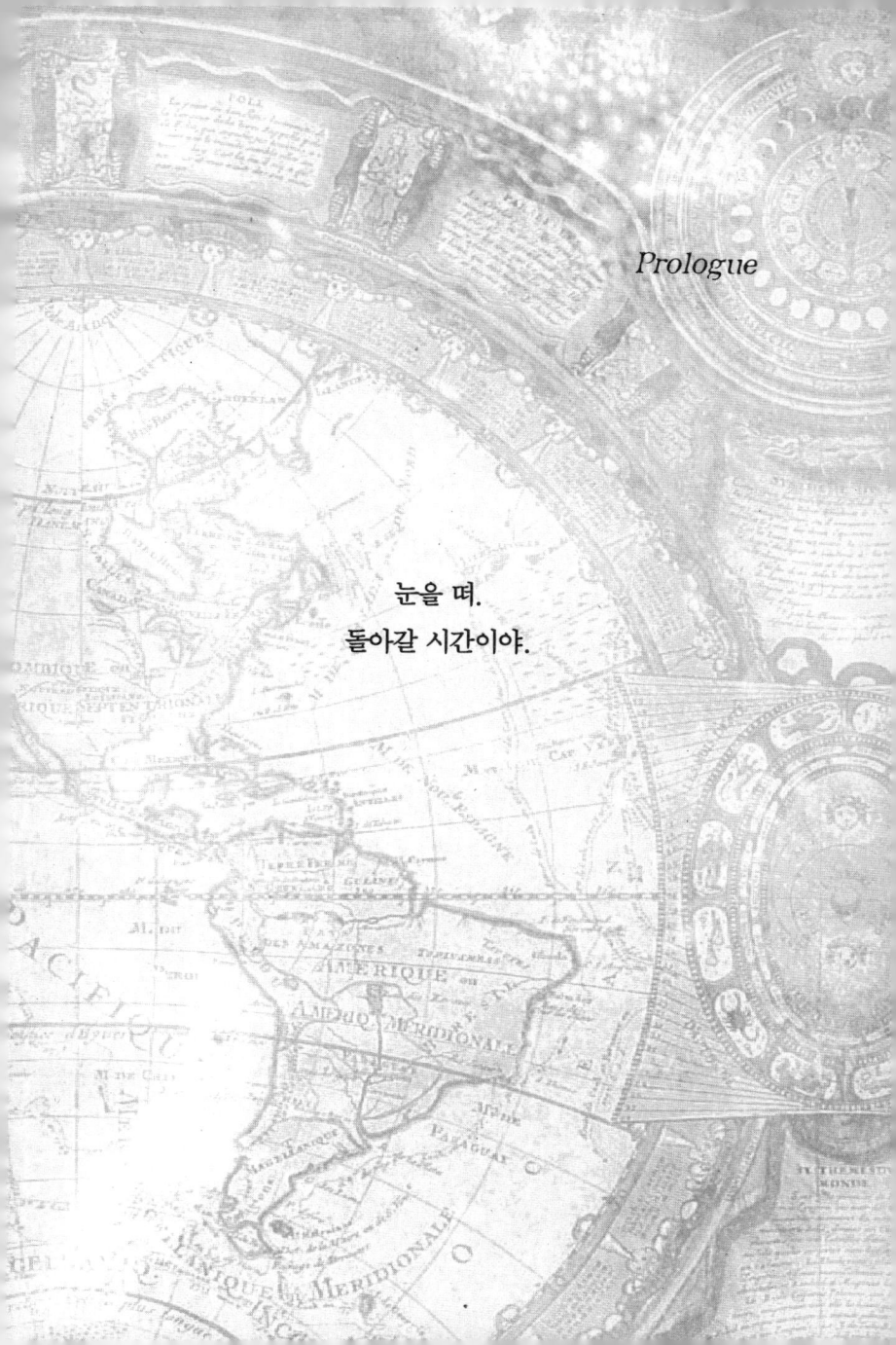

Prologue

눈을 떠.
돌아갈 시간이야.

Chapter 01
미래와 현재가 공존하는 밤

아르더엔 전기

4년 전, 내 출생의 비밀이 풀렸다.

황금의 백작이라고 불리는 자가 있다.

이름은 세레넬 드 하이미언.

하이미언 백작은 남부러울 것 없이 살면서도 가슴에 몽우리 진 한이 있었다.

그것은 자신의 친아들을 찾지 못한 것이었다.

그에게는 평생 사랑했던 한 명의 여인이 있었고 자식도 그 여인에게서 얻은 사내아이가 전부였다.

그는 자신의 부인을 너무 사랑했다.

그런데 부인은 아이를 출산 도중 산고로 죽음을 맞았다.

부인에 대한 사랑이 크디컸던 하이미언 백작은 모든 원망을 아이에게 돌렸다.

이성적인 판단이 되지 않았다.

그는 자신의 분노를 아이에게 표출시키며 죽이려 들었고 이를 주변에서 하인들이 겨우 말렸다.

백작은 그 아이를 자신의 눈에 띄게 하지 말라 일렀다.

하인들은 어쩔 수 없이 아이를 백작이 모를 곳으로 보내 버렸고 수많은 시간이 흘렀다.

백작은 그토록 오랜 시간이 흘러서야 자신의 잘못을 알았다.

그리고 자신의 손으로 내쳤던 아이를 찾기 위해 백방으로 수소문에 나섰다.

그는 아내를 잃고 난 이후부터 급격하게 몸이 쇠약해지더니 이제는 임종을 기다리는 신세가 되고 말았다. 그리되고 보니 더더욱 아이가 보고 싶어진 것이다.

하이미언 백작은 결국 자신의 피가 섞인 친아들에게 모든 재산을 넘겨주겠다고 공고했다.

그러자 전국 각지에서 수많은 아이들이 계부와 계모를 대동하고 몰려들었지만 그중에서 단 한 명도 하이미언 백작의 아들은 없었다.

그의 아들에겐 남과 뚜렷이 구별되는 특징이 있었다.

왼쪽 어깨에 있는 용 모양의 반점이다.

그것은 백작이 사랑했던 부인에게서 그대로 유전되어진 것이었다.

내가 이런 내용을 어떻게 아느냐고?

하이미언 백작이 임종한 이후 그의 유서가 공개되었는데, 모두 거기에 적혀 있던 얘기들이다.

그리고 그 용의 반점은 바로 내 어깨에 있었다.

그래, 불과… 9년 전까지만 해도 말이다.

하지만 지금은 사라지고 없었다.

내가 스스로 파내 버려서 흉측한 상처만이 자리하고 있을 뿐이다.

어렸을 적부터 그 반점 때문에 놀림받으며 커왔다.

난 또래 아이들 사이에서 늘 외톨이였다. 따돌림을 당하고 괴롭힘을 당했다. 그게 끔찍할 만큼 싫었다.

뭐, 사실… 지금에 와서 반점이 남아 있었다고 한들 난 하이미언 백작의 재산을 물려받을 수 없다.

지금의 난 곧 죽을 위기에 처해 있으니까.

게다가 황금의 백작 역시 지금은 세상에 존재치 않는다.

"망할… 재수도 없지."

내 직업은 기사.

그러나 평범한 기사는 아니었다.

우리는 모두 일당백의 힘을 자랑하는 최정예 기사들이었다.

이그드라엘 대륙에는 세 개의 강대국이 자리하고 있다. 그런데 서로를 견제만 하던 강대국들 중 그라함 왕국과 가르테아 제국이 전쟁을 일으켰다.

그라함 왕국은 내가 몸담고 있는 내 조국이었다.

나는 그라함 왕국 내의 고아원에서 길러졌다. 그곳에서는 아이들에게 검술과 박투술 같은 것들을 가르쳤다.

당시의 난 일반적인 고아원의 어떻게 돌아가는지 알 수 없었으니, 그게 당연한 것인 줄 알고 열심히 배워 나갔다.

훗날, 나를 비롯한 고아원의 아이들에게는 무적기사단의 단원이라는 꼬리표가 붙었고 언제든 전쟁이 일면 투입될 수 있도록 긴장을 풀지 못하는 나날이 이어졌다.

그리고 전쟁이 발발했다.

그렇다면 당연히 무적기사단은 그라함 왕국을 위해 싸워야 하겠지만, 그렇지 않았다.

사실 무적기사단은 가르테아 제국의 첩병이었다.

우리는 어려서부터 가르테아 제국이 진짜 우리의 나라이며, 언제든 가르테아 제국의 명이 떨어지면 그에 따라야 함을 교육받아 왔다.

우리들은 내부에서부터 그라함 왕국을 무너뜨려 나갔다.

밖에서는 가르테아 제국이 정신없이 치고 들어왔다. 그라함 왕국이 무너지는 것은 삽시간이었다.

길거리에 버려진 아이들로 이루어진 무적기사단은 그렇게 그라함 왕국의 병적인 존재로 성장한 것이다.

하지만… 전쟁에서 승리하자마자 가르테아 제국은 우리를 버렸다.

이제 더는 쓸모없는 폐품처럼 우리를 죽이려 들었다.

우리들은 억울함에 소리치며 대항했지만 가르테아 제국의 '기이한 힘'을 지닌 자들에 의해 처절히 죽음을 맞이해야 했다.

그들은 생전 처음 보는 기이한 힘을 이용했으며, 마법사들까지 끌고 나와 쉽게 승기를 쥐었다.

이런 건… 너무 억울했다.

"쿨럭! 쿨럭!"

기침과 함께 피가 토해져 나온다.

이제는 뻥 뚫려 버린 복부에서 아무런 고통도 느껴지지 않는다.

감각조차 마비된 듯하다.

고통이 사라지고 점점 몸이 편안해진다.

천천히 감기는 시야 너머로 전우들의 시체와 땅에 박힌 검들이 보인다.

그 모든 것은 붉은 노을 아래 핏빛으로 물들어 있었다.

'억울해.'

그 감정만이 온통을 지배했다.

다시 태어난다면… 내게 다시 한 번의 기회가 주어진다면!

절대 이토록 멍청한 일생을 되밟진 않으리라. 평생을 타국
의 꼭두각시처럼 살다 가진 않으리라. 하지만, 지금에 와선
다 부질없는 바람이다.

천천히 눈이 감겨온다.

붉게 물든 대지는 어느덧 땅거미가 내려앉고 있었다.

이게 내 생에서의 마지막 기억이 되겠지.

"이봐 형제, 이게 무슨 꼴이야? 볼품없이."

형제? …누구지?

누군가가 내게로 다가섰다. 희미한 시야에 검은색 신발이
보였다.

"네가 갖고 있던 능력을 벌써 사용해야 한다니. 조금만 더
살아줬으면 좋았을 텐데. 더욱 많은 미래를 보아두고 죽는 게
너에겐 이득이거든. 뭐… 크게 상관은 없겠지. 어차피 '타임
리셋'의 능력은 네가 죽지 않는 한 발동하지 않으니까."

대체 누구란 말인가.

그리고 타임 리셋이라니… 무슨 말을 하는 것인지 알 수가

없다.

"도통 모르겠다는 표정이네. 내가 누군지도 전혀 짐작 못하는 것 같고. 무리도 아니지. 아무튼 부러워. 다시 한 번 살수 있는 능력이라니. 과거로 돌아가 버리면 그때 나는 너와 어떤 관계로 지내게 될까?"

"끄으윽……."

입을 열어봤지만 아무런 말도 나오지 않았다.

지금 내 귀에 들려오는 이 목소리는… 어쩐지 낯익은 것 같다.

대체 누구지?

기억이 날 듯하면서도 모르겠다.

"우리는 오래전에 만났지. 그리고 난 널 항상 지켜봤어. 넌 인간들 중에서 유일하게 선택된 '하멜의 일족'이야. 하이미언 백작이 고작 부인에 대한 사랑과 핏줄에 대한 그리움 때문에 널 찾은 것 같아? 정신차리라고, 친구."

하멜의 일족? 그건 또 뭐란 말이야.

"아, 잃어버렸던 것을 다시 돌려주지. 이번엔 파내거나 하지 말라고. 이건 네가 선택된 자라는 증표 같은 거니까."

그는 그렇게 말하며 내 왼쪽 어깨를 짚었다. 그러자 어깨에서 불에 덴 듯한 통증이 일었다.

뭘 한 거지?

어깨를 확인해 보고 싶었지만, 목을 움직일 수가 없었다.

모든 상황이 의문 속에 파묻혀진 가운데 그의 목소리가 또다시 들려왔다.

"그리고 내가 누군지 아직도 기억 못하는 것 같은데. 난 말이야……. 아니, 내가 누군지에 대해선 하나의 즐거움으로 남겨두지. 힌트를 주자면 '그림자' 정도일까?"

…의식이 끊어지려 한다.

그 와중에 나른한 한마디가 들려왔다.

"눈을 떠. 돌아갈 시간이야."

*   *   *

아르디엔의 어린 시절은 그리 유쾌하지 못했다.

고아원을 빙자한 무적기사단에 맡겨져서 자라는 내내 오른쪽 어깨의 용 모양 반점 때문에 따돌림을 당했었다.

물론 그게 이유의 전부는 아니었다. 용의 반점은 그저 아르디엔을 놀리기 위한 수단에 불과했다.

문제는 그의 성격에 있었다.

늘 또래들과 어울리지 못하고 혼자 있으려 했다.

게다가 심성이 여리고 겁이 많아 항상 무시당하기 일쑤였다. 더불어 여자처럼 곱상한 외모도 놀림의 원인이 되곤

했다.

그래서 아르디엔은 서로 뭉쳐야 할 부모 없는 아이들 사이에서도 외톨이 신세가 되고 말았었다.

무적기사단에 들어온 아이들은 갓난아이일 때 버려지거나 형편이 어려운 부모들이 팔아넘긴 경우였다.

때문에 그들끼리는 유대관계가 깊어야 할 터인데, 아르디엔만큼은 지독하게도 다른 아이들과 어울리지 못했다.

아르디엔은 성인이 되어서야 겨우 몇몇의 동료들과 친해질 수 있었다.

아무튼 그는 스스로도 상당히 예민할 사춘기 시절, 용의 반점 때문에 놀림받는 게 커다란 스트레스였다. 그래서 그 반점을 칼로 긁어내 버렸다.

이후로는 더욱 인생길이 진창이었고, 지금에 와서는 끝없이 이용만 당하다 죽음에 다다르게 되었다.

'젠장, 그때 반점을 긁어내는 게 아니었어.'

어쩐 일인지 모르지만 아르디엔은 이미 죽었어야 할 상황에 그런 생각을 해버렸다.

그리고 몸이 매우 가볍다는 걸 느꼈다.

'가만… 몸이 가벼워? 나는 죽었는데? 갑자기 이게 무슨 조화지? 아니면 아직도 죽지 못하고 있는 것일까? 질기기도 해라.'

이왕 죽을 거면 빨리 좀 죽어버리지, 하는 생각이 마구 솟구쳤다.

이미 거지 같았던 그의 인생에 미련은 없었다.

아르디엔은 인생이 바뀔 만한 크고 작은 사건들을 모두 놓쳐 버렸다.

더불어 손만 뻗으면 잡을 수 있던 행운까지 애써 무시해 버리곤 했다.

어차피 그런 작은 행운을 잡아봐야 앞날이 바뀔 거라 생각지 않았으니까.

이렇게 계속해서 외로울 것이고, 밑바닥에서 전전해야 할 테니까.

아르디엔은 이미 스스로의 인생을 그렇게 못 박아 놓고 있었다.

'자, 끝날 거면 빨리 끝나라!' 라고 속으로 외쳐 보는데 뭔가 이상했다.

이상하게 숨을 쉬는 것이 편안했다. 더불어 어디에서도 고통이 느껴지지 않았다. 이미 감각이 마비되어 버렸기 때문이라고 생각했지만 그건 아니었다.

그는 설마설마하면서 천천히 눈을 떠 보았다.

그런데,

"헉!"

자신도 모르게 헛숨을 들이켰다.

아르디엔의 눈에 들어온 천장이 매우 익숙했다. 천장은 손을 뻗으면 닿을 정도로 가까이 있었다.

'어떻게 된 거야?'

아르디엔이 천천히 몸을 움직였다.

우선 자신이 어디에 있는지부터 살폈다.

그는 2층 침대의 윗칸에 누워 있었다. 그래서 천장이 가까웠던 것이다.

'내가 왜 여기에 있는 거지? 혹시 기억 속에 남아 있는 과거의 한때를 꿈꾸고 있는 것이 아닐까?'

스스로 반문했지만 그렇다기엔 눈앞에 펼쳐지는 광경들이 너무나 생생했다.

"어떻게 된 거지? 엇!"

아르디엔이 무심코 말을 내뱉다가 깜짝 놀랐다.

그의 입에서 튀어나온 목소리는 변성기가 끝나갈 무렵 소년의 그것이었다.

천천히 목을 만져 보았다. 불룩 튀어나왔어야 할 목젖이 살짝 밋밋했고, 목을 어루만지는 손가락의 감촉도 평소보다 부드러웠다.

아르디엔의 손은 검을 잡고 오랫동안 휘두른지라 딱딱하고 거칠어야 정상이었다.

두 손을 바라보았다.

푸른 달빛에 반사되어 비춰지는 손은 작았다.

아직 성장하고 있는 청소년의 손이었다.

"무슨 일이 일어난 거야?"

일부러 소리 내서 자문했다. 역시나 들려오는 목소리는 아직 앳됨이 남아 있었다.

뭐가 어떻게 돌아가고 있는 걸까?

한참 동안 깊은 생각에 빠져 있던 그의 머릿속에서 문득 누군가의 속삭임이 떠올랐다.

[눈을 떠. 돌아갈 시간이야.]

"핫!"

순간 머리가 깨질듯이 아파왔다.

'그는… 그는 누구였더라? 분명 귀에 익은 목소리였는데.'

아르디엔은 죽음을 맞기 전, 자신에게 속삭이던 인물에 대해 떠올리려 했다. 하지만 아무리 머리를 싸매고 생각해 봐도 떠오르지 않았다.

그는 누구였을까?

아니, 그보다 지금의 난 어떻게 된 것일까?

아르디엔은 천천히 고개를 돌려 창밖의 하늘을 바라보았다.

그날은 트윈 문이 뜨는 밤으로, 두 개의 동그란 달이 밤을 비추고 있었다.

크기까지 똑같은 쌍둥이 달.

하지만 두 개의 달이 가지는 의미는 달랐다.

푸른빛을 띠는 빌루이는 현재를 뜻하고 노란빛을 띠는 레너드는 미래를 뜻한다.

오늘은 현재와 미래가 공존하는 밤.

"아⋯⋯."

아르디엔은 갑작스레 기시감을 느꼈다.

얼른 침대에서 내려와 책상으로 향했다.

머릿속에 존재하는 과거의 기억 중 분명히 트윈 문이 뜨던 날 밤에 잠에서 깼었던 적이 있다.

그때 그가 꿨던 꿈이 하도 요란해서 날짜까지 기억하고 있었다.

대륙력 368년 9월 15일.

그렇다면 십 년 전의 상황. 열여섯 살 때의 일이다.

그는 책장에서 일기장을 꺼내 들었다. 그리고 천천히 일기장을 펴보았다.

자신의 필체로 마지막에 적혀진 일기의 날짜는 9월 14일이었다.

지금은 자정이 넘었으니 9월 15일.

아르디엔의 심장이 두근거렸다.

오늘은 빌루이와 레너드가 동시에 떠오른 밤.

미래와 현재가 공존하는 밤이다.

*　　　*　　　*

"언제까지 퍼 자고 있을 셈이야!"

곤히 자고 있던 아르디엔의 귀로 갑작스런 노호성이 들려왔다.

"일어나, 이 새끼야!"

이번엔 욕지거리를 내뱉는다.

이 목소리는 아르디엔에게 그다지 유쾌하지 못했다. 듣는 것만으로 짜증이 나고 화가 치밀어 올랐다.

하지만… 그 목소리가 지금 들려서는 안 되었다.

들려온다는 것 자체가 말이 될 수 없었다.

그 목소리의 주인은 이미 전쟁터에서 아르디엔보다 먼저 죽어버렸기 때문이다.

두 눈을 부릅뜬 채 목이 잘려 죽은 것을 아르디엔의 두 눈으로 직접 목격했다.

거기다 한술 더 떠서 지금 들려오는 이 목소리는 그 녀석의 소년 시절 목소리였다.

아르디엔은 힘겹게 눈을 떴다.

역시나 그의 앞엔 익숙한 숙소의 천장이 보였다.

"겨우 일어났군."

비아냥거리는 목소리에 옆을 돌아보았다.

그러자 그를 노려보고 있는 파란색의 눈동자가 보였다.

요슈아였다.

아르디엔과 한방을 쓰고 있는 요슈아는 매일 아침마다 이렇게 행패를 부렸었다.

아르디엔은 요슈아의 얼굴을 가만히 살펴보았다.

모든 것이 십 년 전의 그때와 같았다. 아마 요슈아는 아르디엔에게 이렇게 말할 것이다.

'어서 밥이나 처먹고 와.'

"어서 밥이나 처먹고 와."

아르디엔의 예상이 딱 들어맞았다.

그것은 항상 그가 아침마다 내뱉은 입버릇 같은 것이다.

갸름하지만 남자다운 강인함을 간직한 얼굴. 그게 요슈아의 인상이었다.

아르디엔은 아무 말 없이 침대에서 내려왔다.

그리고 복도로 걸어 나왔다.

주변을 둘러보니 아침식사를 하기 위해 아이들이 분주히 움직이고 있었다.

그 광경 속에서 아르디엔은 저도 모르게 눈물을 터뜨렸다.

그는 가만히 훌쩍이다가 어느 순간 크게 울어 젖혔다.

"돌아왔어… 돌아왔어."

나라를 빼앗기기 전 그때로 돌아왔어!

아르디엔은 한동안 눈물을 그치지 못했다.

＊　　＊　　＊

무적기사단은 대외적으로 고아원으로만 알려져 있다.

대단히 폐쇄적이며, 어느 순간부터 더 이상 고아들을 받아들이지 않는 고아원 라우덴.

그것이 세간의 이미지였다.

라우덴 내에서는 백여 명의 아이를 세 개의 그룹으로 나누어서 교육시키고 있었다.

그중 가장 강한 힘을 자랑하고 있는 그룹이 러스트리옴이고 2위가 데시에도르였다. 그리고 마지막으로 가장 힘이 없는 그룹이 요슈아와 아르디엔이 속한 그랑로드였다.

아르디엔은 그 그랑로드 안에서도 최하위의 서열을 차지하고 있었다.

사실 아르디엔은 매우 총명하고 뛰어난 기지를 가진 아이였다.

게다가 또래에 비해 힘도 셌었다. 하지만 그런 아르디엔이 별 볼 일 없어진 것은 스스로 용의 반점을 파낸 이후부터였다.

'이제부터는 달라지겠어.'

굳게 다짐한 아르디엔은 앞으로의 일을 위해 확인해 볼 것이 있었다.

식당으로 향하는 그의 걸음이 빨라졌다.

'내 기억대로라면 오늘 분명히 식당에서……..'

아르디엔은 9월 15일 날 아침.

식당에서 겪었던 치욕스런 일을 떠올렸다.

모든 것은 평소 아르디엔을 가장 괴롭혀 왔던 다르난 일파 때문이었다.

다르난은 아르디엔과 같이 그랑로드에 속한 아이였다.

그랑로드 내에서 그의 서열은 썩 높지 않았다. 한데 자신보다 서열이 한 단계라도 낮으면 무조건 무시했으며, 서열이 높은 사람에게는 언제든 고개를 조아리고 아부를 떠는 치졸한 인간이었다.

"후우."

우선 식당의 입구에서부터 조심해야 한다.

들어서는 순간 다르난이 스프가 가득 담긴 식판을 고의적으로 아르디엔의 얼굴에 엎어버릴 것이다.

아르디엔은 식당 안으로 한 발을 들여놓았다.

그 순간!

역시나 과거와 똑같은 일이 반복되었다.

그는 다르난의 입에서 튀어나올 대사까지 알고 있었다.

'이제 왔냐, 잠꾸러기.'

"이제 왔냐, 잠꾸러기!"

똑같았다.

아르디엔의 눈이 크게 떠졌다. 그는 허리를 숙여 얼굴로 날아드는 식판을 가볍게 피했다.

이에 다르난은 놀란 표정으로 허망하게 바닥을 구르는 식판을 바라보았다. 그러다 다시 아르디엔에게 시선을 옮기는 순간,

퍼억!

갑작스레 날아든 주먹은 다르난의 안면을 정확히 때렸다.

"이, 이 새끼가!"

다르난이 코를 부여잡으며 눈을 부라렸다.

과거의 아르디엔이었다면 분명히 겁먹고서 도망을 쳤을 것이다. 아니, 주먹을 휘두를 생각조차 하지 못해야 한다. 그는 분명 또래 아이들보다 몇 갑절이나 힘이 셌지만 항상 구타를 당하는 쪽이었다.

그는 모질지 못했고 겁이 많았다.

하지만 지금 이 자리에 더 이상 겁쟁이 아르디엔은 없었다.

아르디엔은 다르난을 아무렇지 않게 지나치며 속으로 생각했다.

'그다음엔 줄이었어.'

식판을 받으러 가는 길목에서 다르난의 부하 격인 페토와 라이센이 줄의 양 끝을 잡고 숨어 있었다.

과거의 아르디엔은 얼굴에 수프를 뒤집어 쓴 터라 그 줄을 보지 못하고서 그대로 걸려 넘어졌었다. 그리고 한참 동안 구타를 당한 뒤, 바지가 벗겨져야만 했다. 새하얀 엉덩이를 모두에게 보이고 말았던 것이다.

식판이 있는 곳으로 가는 그의 눈에 밧줄이 보였다.

아르디엔은 그 밧줄을 힘껏 당겼다.

그러자 밧줄을 잡고 있던 두 명의 아이는 괴물 같은 아르디엔의 힘에 이끌려 튀어나왔다. 아르디엔은 그런 두 녀석의 머리를 잡고 서로 박치기를 시켰다.

쾅!

"아야야!"

"으악!"

이에, 뒤에서 다르난의 목소리가 들려왔다.

"너… 너 이 새끼! 니가 이러고도 무사할 거 같아?"

열여섯이나 된 나이다.

그런데도 이런 어린아이 같은 행동을 한다는 것이 아르디엔을 더 화나게 만들었다.

아르디엔은 다르난에게 다가가 그의 멱살을 잡았다. 그리고 바닥에 그대로 메다꽂았다.

꽝!

"크윽!"

등을 제대로 찍힌 다르난이 괴로워했다.

아르디엔은 조소를 머금으며 한데 어우러져 있는 다르난 일파에게 다가섰다.

더 혼내줄까 하다가 우스운 생각이 들어 관두기로 했다.

"앞으로 날 건드리면 나도 더 이상 가만있지 않을 거야. 오늘은 이쯤에서 끝내지만 다음부터는 엉덩이를 까서 두들겨 줄 테니까 그리 알아. 알았냐?"

아르디엔의 눈에서는 살기가 타올랐다.

그 살기가 어찌나 매서운지 다르난은 저도 모르게 도망쳤다.

식당에 있던 모든 사람들은 놀람과 호기심이 뒤섞인 시선을 아르디엔에게 던졌다.

*   *   *

아르디엔은 자기 숙소로 돌아갔다.

아침부터 식당에서 크게 한판 벌였지만 이를 두고 나무라는 사람은 단 한 명도 없었다.

라우덴에서 아이들에게 온갖 무술을 가르치는 이른바 '선생님' 들은 주먹다짐 정도는 눈감아주었다.

오로지 강해지기 위한 살인 병기를 만드는 마당에 오히려 좋은 자극제가 될 것이라는 판단에서였다.

오히려 놀라서 아르디엔을 눈여겨보는 것은 동년배의 아이들이었다.

그 얌전하기만 하던 샌님이 하룻밤 사이에 변모하다니. 놀랄 노자였다.

아르디엔은 전신 거울에 비친 자신의 모습을 바라보았다.

붉은 머리카락과 눈동자가 눈에 확 띄었다.

남자치곤 작은 얼굴에 곱상하다 못해 아름다운 외모까지 열여섯 살 무렵의 아르디엔이 기억하는 그 모습 그대로였다.

거울에 비친 그는 왼쪽 어깨에 붕대를 감고 있었다.

용의 반점 때문에 아이들에게 놀림받는 것이 싫어 가리기 위한 수단이었다.

'이것을… 내가 파냈었지.'

아르디엔이 붕대를 살짝 움켜쥐었다.

그때 그의 기억 속에서 숨이 끊어지기 직전, 아니, 과거의 시절로 돌아오기 직전의 일이 떠올랐다.

정체 모를 이가 그의 왼쪽 어깨를 손으로 짚었고, 불에 덴 듯한 통증이 일었다.

더불어 그는 이렇게 말했었다.

[잃어버렸던 것을 다시 돌려주지. 이번엔 파내거나 하지 말라고. 이건 네가 선택된 자라는 증표 같은 거니까.]

"선택된 자의 증표……."

낮게 읊조린 아르디엔이 자신의 왼쪽 어깨에 감겨진 붕대를 풀어 보았다. 그러자 엄지손가락만 한 길이의 붉은 반점이 보였다. 용의 모양을 하고 있는 붉은 반점.

'역시 그랬어.'

의문의 존재는 그에게 사라졌던 용의 반점을 다시 새겨주었던 것이다.

그는 용의 반점을 파내기 전까지 신체적인 능력은 물론이고 기억력 또한 타의 추종을 불허할 만큼 좋았다.

무참히 버렸던 용의 반점을 다시 얻게 된 지금, 그는 잃어버렸던 뛰어난 육체적 능력과 절대기억력을 전부 되찾았다.

때문에 그가 겪었던 모든 미래들을 생생하게 기억할 수 있었다.

내일 무슨 일이 일어날지, 그 다음 날은 또 무슨 일이 일어날지 모두 알 수 있단 얘기다.

그의 가슴이 빠르게 요동쳤다.

한참 동안 반점을 바라보던 아르디엔은 붕대를 다시 감으려다가 생각을 바꿨다.

이제 더 이상 용의 반점은 놀림거리가 될 수 없었다. 비단 반점뿐만이 아니라 곱상한 외모도, 하얀 피부도 콤플렉스로 존재치 않았다.

누군가 자신을 놀리거나 핍박하려 든다면 깨부숴 버릴 뿐이다.

"드르렁."

옆에서 코고는 소리가 들렸다.

그의 룸메이트인 요슈아였다.

그는 아침 식사를 하지 않는다. 대신 잠을 더 청한다. 라우덴에선 세 끼 식사를 꼬박 챙겨먹어야 한다는 규칙은 없었다.

먹고 싶은 사람만 와서 먹으면 그만이다.

아무튼 그 때문에 요슈아는 아르디엔의 변한 모습을 보지 못했다. 아마 알았다면 편하게 자고 있진 못했으리라.

아르디엔이 그런 요슈아를 보며 미소 지었다.

'예전엔 마냥 밉기만 했었는데.'

지금은 다시 보게 된 그의 얼굴이 반가웠다.

물론 다른 모든 동료의 얼굴도 반가웠다.

현재 아르디엔에겐 자신을 괴롭히던 녀석들에게 악감정 따윈 없었다. 식당에서 다르난 일파를 혼내준 것도 그저 버릇을 고쳐 놓으려고 했을 뿐이다.

아르디엔은 누구든지 굳이 시비를 걸어오지 않으면 건들지 않을 요량이었다.

다시 거울로 시선을 돌린 아르디엔이 용의 반점을 쓰다듬었다.

'확실해. 시간을 역행한 것은 오로지 나밖에 없어.'

오늘 식당에서 겪었던 일들에서 미래를 기억하는 것은 자신 혼자라는 것을 알 수 있었다.

'하멜의 일족… 타임 리셋…….'

아르디엔은 그것에 대해 생각해 봤지만, 별 다른 답이 나오질 않았다. 머리만 더 아파지는 것 같았다.

'무엇이 어찌 되었든 간에, 난 또 한 번의 기회를 손에 넣었다.'

복잡한 것은 나중에 생각하기로 했다.

우선은 지금 주어진 기회를 최대한 활용하는 게 중요한 과제였다.

생전에 놓쳐 버렸던 모든 기회들이 손바닥 안에 들어왔다.

아르디엔은 마음속으로 하나의 결심을 세웠다.

본래 그는 나라에 투철한 애국심을 가지고 사는 사람이었다.

하지만 무적기사단을 이용하고 버린 가르테아 제국에 대

한 분노와 증오는 당연히 그라함 왕국을 부강시켜야겠다는
욕심이 자라나도록 만들었다.

아르디엔은 창가로 걸어가 하늘을 바라보았다.

고요한 하늘엔 흰 구름들이 아름답게 수놓아져 있었다.

이번 생에서는 결코 그라함 왕국이 핏빛으로 물들게 하지
않으리라.

그는 하늘을 보며 맹세했다.

'지금부터 세상은 내 의지대로 움직인다.'

빌루이와 레너드가 동시에 떠오른 밤.

미래와 현재가 공존했던 밤에 아르디엔은 새로이 태어났
다.

Chapter 02
라하트마의 자서전

아르디엔 전기

9월 16일.

아침부터 또 요슈아의 행패가 이어졌다.

"일어나, 이 새끼야!"

픽!

오늘은 주먹질까지 해온다.

덕분에 아르디엔은 허리에서 엄청난 통증을 느끼며 깨야만 했다.

라우덴에 속해 있는 아이들은 모두 걸음마를 시작하면서부터 지옥 같은 훈련을 받아온 녀석들이다.

그들의 주먹질 한 번이면 어지간한 어른도 견디지 못하고 나자빠지기 일쑤다.

그러니 무방비 상태에서 자다가 얻어맞은 아르디엔의 고통은 상당했다.

순간 화가 확 치밀었다.

"이런 씹어 먹을……."

아르디엔은 옆구리를 부여잡고 침대 아래로 내려왔다.

그리고 붉은 눈으로 요슈아를 노려보았다. 이에 요슈아는 황당한 표정을 짓더니 이내 이죽거리며 아르디엔의 머리를 때려 버렸다.

"뭐야! 한번 해보자는 거냐!"

요슈아는 그랑로드 내에서 서열 5위를 차지하고 있는 만큼 아르디엔을 거침없이 대했다.

감히 서열 최하위의 인간이 자신과 한방에서 묵는다는 것 자체가 맘에 안 들었다.

아르디엔은 윽박지르는 요슈아를 혼내주려다가 참았다.

요슈아는 전쟁이 일었을 때, 아르디엔을 구하려다 적의 검에 목을 잘렸었다.

문득 그때의 기억이 스쳐 지나가며 짜증이 한순간에 삭혀졌다.

아르디엔은 피식 웃고서 방을 나섰다. 그러자 뒤에서 요슈아의 기세등등한 목소리가 들려왔다.

"계집애 같은 새끼, 넌 우리 그랑로드의 수치야!"

*　　　*　　　*

아르디엔은 식당에 향하기 전 세면실로 들렀다.

거울에 비친 그의 얼굴이 보인다.

원체 동안인 그였지만, 십 년이라는 세월을 거슬러 올라왔더니 더욱 어려 보였다. 어깨에 선명히 박힌 용의 반점이 신기하게만 느껴졌다.

이 반점이 대체 뭘 의미하는 것인지는 알 수 없었다.

하지만 이걸 지워서는 안 된다.

그 순간 아르디엔의 강한 힘이 사라지고 만다. 더불어 하이미언 백작의 아들도 될 수가 없다.

아르디엔은 용의 반점을 가만히 어루만졌다.

*　　　*　　　*

식당에서는 여전히 각 그룹의 서열에 따른 자리싸움이 성행하고 있었다.

서열 1위의 러스트리움은 상태가 가장 양호한 식탁에 둘러

앉아 있었고, 2위 데시에도르는 그보다 좋지 않은 식탁을 차지했다.

마지막으로 그랑로드의 아이들은 제일 낡아빠진 식탁과 의자에 앉아 식사를 해야 했다. 그들은 아무리 일찍 식당을 찾아도 나중에 식사를 해야만 했다.

그래서 그랑로드가 식사하게 되는 시각은 6시 20분부터다.

그때쯤이면 앞서 있는 두 그룹이 모두 배식을 마친 뒤이기 때문이다. 여기서 끝이 아니다. 같은 그룹 내에서도 서열 싸움이 있다.

센 놈은 앞에서 줄을 서고 약한 놈은 마지막에 줄을 서게 된다.

하지만 마지막에 먹게 되면 항상 맛있는 반찬들이 동나 버리고 만다.

때문에 아르디엔은 항상 변변찮은 식사만 해야 했었다.

오늘도 아르디엔은 맨 끝줄에 섰다.

성미 같아서는 그냥 앞줄에 서버리고 싶었지만 참았다.

'이제 슬슬 사건이 터질 때가 됐는데.'

아르디엔은 오늘 식당에서 또 한 차례 벌어질 사건을 알고 있었다.

그것은 바로,

"뭐야, 이 새끼야!"

"……."

데시에도르 소속인 투나가 밥을 다 먹고 지나다가다 다르난과 부딪혔다. 순간 다르난의 식판에 담긴 스프가 투나에게 튀었고, 그 녀석은 이를 빌미로 시비를 걸어온 것이다.

엄밀히 따지자면 다르난이나 투나나 서로의 실력은 비슷비슷하다. 투나 역시 데시에도르에서 하위의 서열이기 때문이다.

하지만 데시에도르는 그랑로드보다 그룹 자체의 서열이 높다.

그래서 다르난은 만만해 보이는 투나에게 아무런 대꾸도 하지 못했다.

"스프를 엎어놓고 사과 한마디 안 해?"

투나는 눈을 부라리며 날카롭게 쏘아댔다. 그러자 다르난의 얼굴이 일그러졌다.

"어서 사과해!"

투나가 엄포를 놓았다. 하지만 도저히 입이 떨어지지 않는 다르난이었다.

고작 이따위 놈에게 고개를 숙여야 하다니. 만만한 자식이 데시에도르를 믿고 설치는 꼬락서니라니.

다르난의 입꼬리가 살짝 말려 올라갔다.

"못하겠다면?"

"뭐라고?"

퍼억!

다짜고짜 투나의 주먹이 다르난을 때려 버렸다.

"네가 감히 데시에도르에 개기는 거야? 엉?!"

퍽!

이번엔 복부를 걷어차였다.

다르난은 인상을 찡그렸지만 신음을 흘리거나 비명을 지르진 않았다.

이 정도면 몇 대라도 맞아줄 만하다. 하지만 문제는 자존심이다. 다르난의 주먹에 점점 힘이 들어갔다.

모두는 과연 다르난이 투나에게 주먹을 휘두를 것인지 관심있게 지켜보기 시작했다.

하지만 아르디엔은 알고 있었다.

다르난은 결국 투나에게 맞기만 하다가 사과를 하고 만다.

그것은 그랑로드의 모두를 위해서 그가 내린 결정이었다.

당시에는 다르난이 맞는 것을 지켜보며 속으로 홀가분해 했지만, 지금은 그때와 느껴지는 감정이 달랐다.

자신의 동료가 데시에도르 녀석에게 맞는 것이 못마땅했다.

아르디엔은 투나와 다르난에게 천천히 다가섰다.

조용한 그의 움직임에 일단의 시선이 옮겨졌다.

천천히 걷던 아르디엔은 한순간 발로 바닥을 탁 찼다.

그리고 순식간에 투나의 앞으로 다가가서는 그에게 얼굴을 불쑥 내밀었다.

"넌 또 뭐야!"

깜짝 놀란 투나가 뒤로 조금 물러서다가 아르디엔의 얼굴을 확인하자 안심하고서 고함쳤다.

이에 다르난이 다급히 아르디엔의 어깨를 잡아끌었다.

"뭐하는 짓이야! 저리 빠져!"

아르디엔은 그의 귀에 대고 조용히 속삭였다.

"폼 잴 때가 아니야, 인마. 투나 따위한테 얻어맞고 자존심 구길래?"

"어제는 내가 방심하다가 너한테 맞은 거야. 고작 그 일 한 번으로 기세등등해서 꼴값 떨지 말고 비켜라."

"야, 다르난."

"왜 인마!"

아르디엔은 다르난의 등을 툭툭 두들겼다.

"어제 때려서 미안했다. 역시 우리는 우리끼리 뭉쳐야지."

퍼억!

아르디엔의 주먹이 투나의 얼굴을 가격했다.

"컥!"

투나는 돌덩이에 얻어맞은 것 같은 충격을 느끼며 비틀거렸다.

아르디엔이 투나의 멱을 잡아당겼다. 동시에 다리를 걸었다. 투나의 무게 중심이 완전히 틀어졌다. 뒤로 넘어가는 투나의 명치를 발로 찍었다.

퍽!

"크악!"

비명과 함께 투나가 대자로 뻗었다. 하지만 정신을 잃지는 않았다.

"씨팔……!"

욕을 하며 겨우 몸을 추슬러 일어서려 했다.

하지만 아르디엔은 투나에게 다가가 놈의 턱을 걷어찼다.

"끄윽!"

투나의 고개가 뒤로 젖혀졌다. 고개를 따라 몸도 넘어갔다. 다시 대자로 뻗어버렸다.

이에 식당에 있던 데시에도르 녀석들이 모두 의자를 박차고 일어섰다.

그러자 다르난을 비롯한 그랑로드의 모든 아이들은 당장에 긴장한 기색을 보였다. 하지만 아르디엔만큼은 희미한 미소를 머금고 있을 뿐이었다.

다르난이 황급히 아르디엔을 만류했다.

"너 왜 이러는 거냐? 지금껏 널 괴롭힌 우리에 대한 복수냐? 그런 거야?"

"하여튼 어린놈들이 동심이라곤 찾아볼 수가 없어."

"뭐?"

다르난이 인상을 찌푸리며 반문하는데 아르디엔이 소리쳤다.

"지금 한번 해보자고 일어선 거지? 그럼 다 덤벼라."

순간 데시에도르의 모든 아이들은 눈에 쌍심지를 켰다. 그리고 인정사정없이 그랑로드의 아이들을 향해 달려들기 시작했다.

"이런 제기랄!"

상황이 이렇다 보니 다르난도 더 이상 생각의 여지가 없었다.

순식간에 식당 안에서는 그랑로드와 데시에도르 간의 난투극이 벌어졌다. 식판을 들고 휘두르는 녀석도 있었고 의자나 식탁을 집어 던지는 녀석들도 있었다. 하지만 그러한 광경은 아르디엔의 시선엔 그저 어린애 장난처럼 비춰졌다.

이미 전장에서 살이 터지고 뼈가 부러져 나가는 경험을 해본 아르디엔이었다.

고작 이런 싸움에 겁을 먹는다?

'하! 웃기지도 않는 소리!'

하얀 이를 드러내며 씨익 웃어버린 아르디엔은 주먹을 말아 쥐고 앞을 바라보았다. 그의 앞에서는 데시에도르의 서열 6위인 페르코가 식탁 다리 하나를 꺾어 든 채 뛰어오고 있었다.

"넌 오늘 죽었다고 생각해라!"

페르코는 기세등등하게 외치며 흉기로 변한 식탁 다리를 휘둘렀다. 그는 분명 아르디엔이 머리를 얻어맞고 쓰러질 것이라 생각했다. 어제 깜짝 놀랄 정도로 변화된 모습을 보여준 아르디엔이긴 하지만 그래도 자신에게 당하진 못할 것이란 믿음이 있었다.

하지만 그것은 오로지 '페르코만의 믿음' 이었다.

퍼걱!

아르디엔은 그 자리에서 피하지도 않고 주먹을 휘둘렀다.

그의 주먹은 페르코가 쥐고 있던 식탁 다리를 정통으로 맞췄다.

빠각!

식탁 다리가 부러졌다.

그리고,

퍽!

페르코의 코도 부러졌다.

"으악!"

페르코의 얼굴이 뒤로 넘어갔다. 몸도 따라 허공에 붕 뜬 뒤 훨훨 날아갔다.

콰당!

식당 구석에 페르코가 볼썽사납게 구겨졌다.

뒷머리를 심하게 부딪친 페르코는 그대로 기절했다.

아르디엔은 비호처럼 몸을 날려 다른 상대를 찾아 이동했다.

그의 주먹이 한 번 휘둘러 질 때마다 한 명씩 바닥에 드러누웠다.

퍼퍼퍼퍽!

"끄악!"

"악!"

이미 지옥 같은 전장을 전전하며 실전 경험을 쌓았던 아르디엔이었다.

비록 몸은 어려졌지만 전생의 기억들은 머릿속에 고스란히 남아 있었다.

어디가 치명적인 급소인지, 어디를 맞으면 바로 기절해 버리는지 속속들이 알고 있는 터다.

아르디엔의 활약으로 점점 그랑로드의 사기가 살아나고 있었다.

데시에도르에게 여지없이 패할 것이라 예상했지만 그렇지 않았다.

용의 반점을 지우지 않은 아르디엔의 힘과 스피드는 또래 아이들에 비견하면 괴물 같은 수준이었다.

과거에는 싸우기도 전에 주눅이 들어 얻어맞기만 해왔지만 지금은 아니다.

힘이 있어도 주먹 한 번 휘두르지 못하던 그때와 다르다.

아르디엔은 사방을 돌아다니며 데시에도르의 녀석들을 계속 때려눕혔다.

그러자 보다 못한 데시에도르의 서열 1위 카오란이 아르디엔의 앞에 섰다.

"이제 그만 설치는 게 어때?"

웨이브 진 금발 머리를 흩날리며 등장한 카오란이 자신만만하게 말했다.

카오란은 아르디엔 못지않은 미남이었다. 게다가 몸도 슬림했다. 때문에 그의 외형만 보고 샌님으로 판단했다간 큰코다치기 십상이다.

훗날 가르테아 제국이 그라함 왕국을 무너뜨리는 데 있어서 지대한 공을 세우는 것이 다름 아닌 카오란이다.

지금은 러스트리옴의 일인자인 데젤의 실력에 밀려 이인자 역할을 하고 있지만, 카오란은 빠르게 성장해서 데젤을 능가해 버린다.

아르디엔은 잠시 예전의 기억을 떠올렸다.

아니, 그리 오래된 기억도 아니다.

그가 전장에서 죽음을 맞았다고 생각한 이후, 시간을 역행하게 된 것이 고작 이틀밖에 되지 않았으니.

한참 가르테아 제국의 배반으로 인해 무적기사단 모두가 처참한 죽임을 당하고 있을 때.

가장 치열하게 반항하며 덤벼들었던 것은 바로 카오란이었다. 그는 어떻게든 동료들을 살려야 한다는 일념 하에 스스로의 목숨은 생각지도 않고 검을 휘둘러 댔다.

악에 받쳐 모두 도망가라고 소리치던 그의 모습이 떠오르자 아르디엔의 입가에 미소가 걸렸다.

카오란은 정이 많은 인간이다.

하지만 지금 아르디엔의 미소는 카오란의 입장에선 자기를 비웃는 것으로밖에 보이지 않았다. 순간 카오란의 눈이 차갑게 식었다.

"정말 단단히 정신이 나갔구나."

말을 마침과 동시에 카오란이 아르디엔의 복부를 걸어차려 했다.

하지만 아르디엔은 오른발을 뒤로 빼내며 이를 피했다. 동시에 두 손으로 카오란의 발목을 잡아 허공에서 한 바퀴 확 비틀었다.

카오란은 동물적인 반사 신경을 발휘해 발이 꺾이는 것과

동일한 방향으로 몸을 회전시켰다.

그러면서 허공에 붕 떠버린 반대쪽 발로 아르디엔의 얼굴을 가격했다.

터억!

아르디엔은 잡고 있던 카오란의 발을 놓고 그것을 막았다. 그러자 카오란은 자유로워진 다른 발로 또다시 공격을 가해왔다.

탁!

아르디엔은 그것마저 막아버리고서 뒤로 조금 물러났다.

카오란이나 아르디엔이나 실로 놀라운 실력이 아닐 수 없었다.

어느새 데시에도르와 그랑로드의 모든 아이들은 카오란과 아르디엔의 주위를 빽빽이 둘러쌌다. 둘의 승패에 따라 그들의 운명이 달려 있는 것이다.

"밤새 무슨 일이 있었는지 모르겠군."

카오란은 도저히 이해할 수 없다는 얼굴로 아르디엔을 바라보았다.

그토록 겁이 많고 주먹질 한 번 제대로 못해 무시만 당하던 아르디엔이 아닌가? 그런데 지금은 사람이 달라도 너무 달라졌다.

아르디엔은 카오란에게 씨익 웃어 보이며 답해주었다.

"너무나 긴 악몽을 꿨어. 그래서… 다시는 똑같은 악몽을 꾸고 싶지 않을 뿐이다."

말을 마치며 아르디엔의 신형이 앞으로 쏘아져 나갔다.

그의 주먹이 카오란의 얼굴을 노리며 날아들었다. 하지만 그렇게 평범한 공격이 통할 리 만무했다. 카오란은 쉽게 아르디엔의 주먹을 피하며 반격을 가했다.

쐐액!

날카로운 파공성과 함께 카오란의 주먹이 아르디엔의 얼굴에 꽂혔다.

퍼억!

이번엔 제대로 적중했다.

엄청난 소리와 함께 아르디엔의 입에서 피가 터지며 고개가 옆으로 확 꺾였다. 하지만, 쓰러진 것은 카오란이었다.

얼굴을 맞는 순간 아르디엔은 카오란의 복부에 무릎을 박아 넣었다. 게다가 카오란의 주먹이 얼굴에 닿기 전, 미리 고개를 틀어 버림으로써 타격을 최소화했다.

정통으로 복부를 얻어맞은 카오란과는 받는 데미지가 현저히 달랐다.

동료들을 살리겠다며 전장에서 매섭게 몰아치던 카오란을 생각하면 여기서 끝내고 싶지만 그건 안 될 말이었다.

그랑로드의 권위를 확실히 세우기 위해선 조금 더 과격해

질 필요가 있었다.

"미안하다."

사과의 말과 함께 아르디엔은 카오란의 턱을 주먹으로 후려쳤다.

순간 카오란은 머리가 핑 도는 것을 느끼며 그대로 기절했다. 장내는 지독한 정적이 감돌았다.

아르디엔은 내심 맘이 편치 못했다.

그가 기절한 카오란에게 가서 쪼그려 앉아 말했다.

"아프냐? 나도 아프다."

아르디엔이 카오란의 가슴을 툭툭 두드리고 자리에서 일어났다. 그러자 후다닥 달려온 다르난이 아르디엔의 한 손을 잡고 들어 올렸다. 이를 본 그랑로드의 모든 아이들은 우레와 같은 함성을 내질렀다.

"이겼다! 우리가 데시에도르를 이겼어!"

"우와아아아! 우리가 이인자다!"

고막이 찢어질 듯한 함성이 식당 내부를 가득 채웠다. 그랑로드의 모든 아이들이 아르디엔을 둘러싸서 그의 이름을 외쳐 댔다.

매일 최하위 서열에서 설움을 당하던 그랑로드가 어깨를 펼 수 있게 되는 순간이었다.

그 모습을 지켜보던 러스트리옴의 데젤은 재밌다는 표정

을 지어 보였다.

이렇게 된 이상 언젠가는 그랑로드와 러스트리옴의 전면전이 불가피할 것이 뻔했다.

데젤은 얼마 안 있어 찾아올 전투를 생각하며 싸늘한 얼굴로 식사를 계속했다.

*   *   *

그라함 왕국 내부에서 라우덴은 그들의 국력을 키우기 위한 인재들의 육성 기관으로 인식되어 있었다.

물론 이것은 그라함 왕국의 국왕을 포함한 수뇌부 격의 귀족 몇몇만이 아는 사실이었다.

하지만 그 수뇌부들 중 라우덴을 만들자고 공모한 주도자들이 바로 가르테아 제국의 끄나풀이었다는 사실은 아무도 몰랐다.

오래전부터 거대한 권력을 손에 넣으려 했던 이들은 가르테아 제국의 꼬임에 넘어가 손을 잡고 일을 추진시킨 것이다.

라우덴에서 길러지는 아이들은 아무것도 몰랐다.

단지 그곳에 있는 선생의 얘기만을 따랐고, 그들의 말만 믿었다.

때문에 전쟁이 발발했을 당시 가르테아 제국에 서서 그라함 왕국을 공격하라는 명령에도 일절 반발 없이 행했다.

사위가 어두운 공간.

희미한 램프 하나만이 빛을 밝혀주는 폐쇄된 장소에는 세 명의 사람이 모여 앉아 있었다.

그들은 라우덴에서 '선생' 이라 불리는 자들이었다.

하나같이 형형색색의 가면을 쓰고 있는 그들은 정체를 드러내지 않기 위해 결코 라우덴 내에서 그것을 벗지 않았다.

한참 동안 라우덴에 대해 이것저것 대화를 나누던 중, 푸른 가면으로 인해 블루라는 가명을 쓰는 자가, 붉은 가면을 쓴 레드에게 물었다.

"그런데 아르디엔 말이야. 갑자기 달라지지 않았어?"

"그러게. 마치 딴사람 같아."

이에 둘의 대화를 듣고 있던 검은 가면을 쓴 자, 블랙이 끼어들었다.

"원래 그런 변화는 한순간에 찾아오는 법이야. 그동안 당하고 살았던 억울함과 분노가 쌓여 있다가 터져 버린 것이겠지."

"그럴 수도 있겠네."

"흠~ 뭐, 그런 변화도 우리한텐 나쁠 거 없으니까. 앞으로 어떻게 하는지 지켜보는 게 좋겠어."

세 사람 사이에서 짤막하게 튀어나왔던 아르디엔에 대한

이야기는 그것으로 끝났다.

그들은 또 다른 화젯거리를 꺼내 이야기를 이어나갔고, 점점 더 밤은 깊어졌다.

*　　　*　　　*

요슈아는 잠을 이룰 수 없었다.

아르디엔이 누워 있을 2층 침대의 천장만을 바라보았다. 그러다 발로 천장을 툭 쳤다. 바로 대답이 들려왔다.

"왜?"

전 같았다면 왜라는 물음에 건방지다며 욕부터 날렸을 것이다. 하지만 지금은 그럴 수 없었다.

늘 아침을 먹지 않는 요슈아는 보지 못했지만, 귀는 열려 있다. 아르디엔이 데시에도르의 서열 1위 카오란을 꺾었다고 했다. 그 때문에 아르디엔은 명실상부 그랑로드의 일인자로 대우받고 있었다.

이 사건이 벌어지기 전까지 그랑로드의 서열 1위는 말수가 적고 과묵한 성격에다 커다란 덩치를 자랑하는 바르타인이었다.

아직 아르디엔과 바르타인은 붙어본 적이 없다. 하지만 바르타인보다 강한 카오란을 아르디엔이 쓰러뜨렸다.

그렇다면 아르디엔은 바르타인보다 높은 서열이 되는 것이다.

그게 힘의 법칙이 모든 것을 지배하는 라우덴의 성질이다.

바르타인 역시 아르디엔이 그랑로드의 새로운 우두머리로 떠받들어지는 것에 대해 아무 말 하지 않았다.

그렇다 보니 그랑로드 서열 5위인 요슈아가 아르디엔을 함부로 대할 수 없는 건 당연한 일이다.

"대체… 무슨 일이 있었던 거냐."

아르디엔은 갑자기 달라진 요슈아의 태도에 피식 웃었다.

"말해도 모른다. 자라."

"말해도 모를지, 알지는 들어보고 나서 판단할 테니까 좀 해봐."

"끈질기네."

"나, 사냥개 요슈아야. 한 번 물면 안 놓는다. 알지? 편안하게 잠들고 싶으면 그냥 얘기해. 안 그랬다간 밤새도록 물어볼 거야."

사냥개 요슈아.

지금은 그 이름마저도 정겨운 아르디엔이다.

요슈아는 오기 하나만큼은 누구에게도 지지 않았다.

'그래서 며칠 후, 큰 사단이 벌어지지.'

라우덴엔 절대적 금기가 하나 있다.

바로 선생들에게 불복종하는 것이다.

하지만 요슈아로 인해 어떠한 사건이 벌어지고, 이에 대해 추문하는 선생들에게 요슈아는 끝까지 반항하며 대든다.

그 덕분에 요슈아는 두 달 동안 독방 신세를 지며 매일같이 채찍질을 당하고 만다.

끼니도 하루에 멀건 수프 한 접시가 다였다.

물론 요슈아가 이토록 끔찍한 일을 당했다는 사실을 아르디엔은 당시엔 전혀 알지 못했다.

몇 년이 더 흐른 뒤, 요슈아가 아르디엔에게 마음을 살짝 열기 시작하면서 들을 수 있었던 이야기다.

하나, 지금의 아르디엔은 요슈아가 무슨 사고를 치는지, 어떤 학대를 당하는지 미리 알고 있다.

속으로 곧 닥쳐올 요슈아의 고통을 애도하면서 입을 열었다.

"아직 벌어지지도 않은 일을 안다는 건 축복일까, 저주일까?"

"뭐?"

"적어도 지금의 내겐 축복인 것 같아."

"무슨 헛소리야?"

"거봐, 말해도 모르잖아."

"끄응!"

요슈아는 앓는 소리를 냈지만 더는 물어오지 않았다.

그는 오기가 강한 만큼 자존심도 세다.

자신이 한 번 내뱉은 말은 어떻게든 지키려 한다.

아르디엔에게서 대답을 들었으니 그걸 이해하고, 못하고는 스스로의 몫이다.

요슈아는 답답함에 끙끙댔고, 아르디엔은 편안하게 잠을 청했다.

＊　　　＊　　　＊

다음 날 아침에는 어쩐 일로 요슈아가 아르디엔을 따라 식당에 향했다.

러스트리움의 아이들이 가장 먼저 배식을 받아 좋은 식탁을 차지하고 앉았다.

다음으로 그랑로드의 차례가 왔다.

그랑로드의 아이들은 모두 아르디엔을 가장 앞줄에 세우려 했지만, 아르디엔이 이를 거절했다.

어제 점심과 저녁때에도 아르디엔은 똑같았다.

항상 다른 아이들부터 자기 앞에 세웠다.

그리고 아이들이 모두 배식을 마치면 자신이 가장 마지막으로 배식을 받았다.

이제껏 어느 그룹의 리더도 아르디엔처럼 행동하지는 않았다.

리더는 모든 것에서 우선권이 있었고, 그러한 권한을 충분히 만끽했다.

하지만 아르디엔은 늘 자신의 동료들부터 챙겼다.

이런 행동이 그랑로드의 아이들에겐 새롭게 다가왔고, 더더욱 아르디엔을 좋아하게끔 만들었다.

그랑로드의 아이들은 신이 나서 상태가 양호한 식탁에 앉았다.

어제부로 서열이 최하위로 밀려나 버린 데시에도르의 아이들은 똥 씹은 표정으로 배식을 받아 썩어빠진 식탁에 모여 앉아야 했다.

한 그룹에 속해 있는 아이들의 수는 스무 명이다.

라우덴의 아이들은 고아원에 들어오면서부터 어마어마한 훈련을 받는다.

때문에 다들 성정이 거칠고 강인하다.

이러한 아이들을 그룹의 리더로서 관리한다는 건 어려운 일이다.

다른 아이들이 리더의 자리를 차지하지 못하도록 절대적 힘과 카리스마로 꽉 잡고 있지 않는 한, 계속해서 치고 올라오려는 녀석이 생겨난다.

지금 카오란의 입장이 그러했다.

어제 그랑로드에게 패한 이후로 그의 입지는 많이 약해져 있었다.

차라리 그때까지 그랑로드에서 서열 1위를 차지하고 있던 바르타인에게 깨졌다면 더 나았을지도 모를 일이다.

한데 여태껏 왕따를 당하던 그랑로드의 최하위 서열인 아르디엔에게 무너졌으니 면목이 없었다.

아르디엔이 갑자기 변했고, 다르난 일당을 보기 좋게 두들겨 팼으며, 지금은 그랑로드의 실질적 리더가 되었다고 하지만, 그건 상관없는 일이다.

어찌 되었든 그전까지는 계집애처럼 겁 많고 주먹질 한 번 제대로 못하는 찌질한 인간이었다.

그 이미지가 아직까지도 데시에도르의 아이들에게는 더 크게 박혀 있었다.

그런 상태에서 깨져 버렸으니 할 말이 없다.

그러나 정작 카오란은 자신의 처지에 대해 크게 신경 쓰지 않았다.

누군가 치고 올라오려 들면 다시 밟아 버릴 것이다.

그게 다다.

잠시 정신 못 차리고 까부는 놈들은 매서운 맛을 몇 번 보여주면 절로 몸을 웅크리게 된다.

카오란은 그보단 앞으로 아르디엔이 어떻게 행동할지가 더 궁금했다.

  지금도 식사를 하는 러스트리옴과 그랑로드 사이엔 미묘한 기류가 흐르고 있었다.

                    *   *   *

  아침식사가 끝나고 나면 곧바로 체력 단련 시간이다.

  라우덴을 이끌어 가는 세 명의 선생, 블랙, 블루, 레드는 각각 하나의 그룹을 맡아서 지도한다.

  블랙은 서열 1위 그룹을, 블루는 2위, 레드는 3위 그룹을 맡고 있다.

  때문에 전까지는 블루가 데시에도르를 가르쳤지만, 지금은 그랑로드를 가르치게 되었다.

  블랙과 블루는 남자고, 레드는 여인이다.

  세 사람의 실력은 엇비슷하지만 근소한 차이는 있었다.

  블랙이 셋 중 가장 세고, 다음이 블루, 마지막이 레드였다.

  그들의 머리카락은 가면과 똑같은 색이었다.

  아니, 가면을 머리카락 색에 맞춘 것이다.

  세 개의 그룹은 넓은 운동장에서 각각의 서열에 맞게 선생들 앞에 나열했다.

블루는 그랑로드의 아이들을 죽 훑었다.

그의 시선이 아르디엔에게서 잠시 멈췄다가 다시 흘러갔다.

"어제는 너희가 라우덴의 서열 2위가 되었다. 때문에 오늘부터는 내가 너희를 지도하게 될 것이다. 알겠나?"

"네!"

그랑로드의 아이들은 기합이 잔뜩 들어 크게 대답했다.

블루가 만족스레 고개를 끄덕였다.

"그럼 시작하도록."

블루의 명이 떨어지자마자 아이들은 각자 알아서 체력 단련을 해나갔다.

기본적으로 어떻게 체력을 단련해야 하는지 그들은 잘 알고 있었다.

여태껏 선생들의 고된 수업을 숱하게 받아왔기 때문이다.

이제는 자신들에게 가장 잘 맞는 단련법을 찾아 스스로를 발전시키는 단계에까지 와 있었다.

게다가 아이들은 누가 시키지 않아도 체련 단련에 충실히 임할 수밖에 없었다.

힘이 약해진다는 것은 곧, 자신의 입지가 약해진다는 것이나 다름없기 때문이다.

약육강식의 세상이나 다름없는 라우덴에서는 힘이 곧 법

이다.

그것을 지겹도록 겪으며 살아온 아이들이다.

선생들은 그저 제자리에 가만히 서서 아이들이 하는 양을 지켜볼 뿐이었다.

아르디엔은 아이들 속에서 나름대로의 훈련을 해나갔다.

그러면서 머릿속으로는 다른 생각을 했다.

'미래는 달라지고 있다.'

원래 그가 기억하는 오늘의 일상은 고달파야 했다.

여전히 아이들에게 하루 종일 괴롭힘을 당하고 늦은 밤 녹초가 되어 울다 잠드는 것이 정해진 미래였다.

하지만 달라졌다.

이제는 오늘 하루 동안 무슨 일이 벌어질지 확실하게 예측할 수가 없었다.

'작은 것 하나가 바뀜으로 인해서 미래가 크게 변하고 있다.'

그렇다면 더 먼 미래의 일도 얼마든지 바뀔 수가 있다.

앞으로는 정해진 것이 없다고 생각하는 게 차라리 나을 것이다.

물론 모든 것이 다 변해 버린다고 장담할 수는 없다.

당장은 아르디엔으로 인해 라우덴 내부의 상황은 변하겠으나 나라가 흘러가는 큰 정세에까지 영향을 끼치진 못한다.

하지만,

'그마저도 변하도록 만들 것이다.'

조만간 아르디엔은 고아원을 나갈 생각이다.

곧 그럴 수 있는 기회가 분명히 찾아온다.

그리고 2년 안에 다시 고아원으로 찾아와 이 거지 같은 세력을 초전박살 내놓을 것이다.

아르디엔은 그것이 가능하다고 믿었다.

전생에 그는 전쟁에 나가기 전, 무학에 대한 커다란 깨달음을 얻었다.

그것은 라우덴의 서재에 있는 전설적인 무신(武神) 라하트마의 자서전을 몇 백 번이고 되짚어 읽던 어느 날 갑자기 찾아왔다.

이미 백여 년 전 고인이 되어버린 라하트마는 자신이 꾸준히 적어왔던 일기들을 한데 엮어 두꺼운 자서전으로 만들어 세상에 내놓았다.

당연히 라하트마의 자서전을 노리는 이들이 이를 차지하기 위해 달려들었고, 욕심과 욕심이 부딪혀 큰 전쟁이 벌어지는 지경까지 가버리고 말았다.

하지만 그 난리 통에서 라하트마의 자서전은 감쪽같이 사라졌다.

한데 그 책이 라우덴의 서재에 아무렇지 않게 비치되어 있었다.

이러한 사실을 라우덴의 아이들은 몰랐다.

그들을 가르치는 선생들만이 알고 있었다.

아르디엔 역시 이를 모른 채로 라하트마의 자서전을 읽었다.

그저 라하트마의 일대기가 너무나 멋있어서 줄기차게 읽었던 것뿐이다.

그런데 사실 그 자서전 안에는 라하트마가 깨우친 무학의 극의들이 교묘히 감추어져 있었다.

아르디엔은 책을 토씨 하나 안 틀리고 암기할 만큼 끈질기게 읽는 동안 무학의 극의를 깨우치게 된 것이다.

이후 전쟁이 일었고, 아르디엔은 이전과 다른 엄청난 무위를 자랑하며 혁혁한 공을 세웠다.

전쟁이 끝난 뒤, 제국이 무적기사단을 배신하면서 벌어진 싸움에서도 최후까지 버텼던 건 아르디엔이었다.

지금도 아르디엔은 라하트마의 자서전이 고아원 내에만 존재하는 것이라는 사실은 모른다.

누구에게도 들은 적이 없다.

하지만 짐작은 할 수 있었다.

이토록 대단한 자서전이 대륙 각지에 마구 뿌려져 있을 리는 없다.

라하트마는 생전에 다루지 못하는 무기가 없었다. 활, 창, 검, 봉, 그 어떤 것을 쥐어주어도 신기에 가까운 무위를 선보이니 당할 자가 존재치 않았다.

무기가 없어도 마찬가지였다.

투술 역시 이미 신의 경지에 다다라 있었다.

마법사 역시 그의 앞에서는 무력했다.

어떠한 무서운 마법이라도 그에게 해를 가하지 못했다.

그야말로 절대적 지존이라 불리던 전설의 무신 라하트마.

그의 극의를 아르디엔은 깨달아 버린 것이다.

극의라는 것은 몸소 깨우쳐 느껴봐야 한다.

말로 설명할 수가 있는 성질의 것이 아니다.

누군가 지금 아르디엔에게 와서 그 깨우침이란 무엇이냐고 물어도 아르디엔은 대답해 줄 수가 없다.

사실 안다고 해도 말해주고 싶은 마음이 없었다.

아무튼 전생에서 다른 아이들이 전부 각종 뛰어난 무술서에만 집중할 때, 아르디엔은 라하트마의 자서전만 읽어댔다.

당시엔 왜 그런 쓸데없는 자서전을 읽느냐며 놀림을 받았다.

하나, 결과적으로 그것이 아르디엔에게 득이 되었다.

그리고 그 깨우침은 현재의 아르디엔의 영혼에도 깊이 각인되어 있었다.

깨우침을 얻은 상황에서 하는 훈련과 그렇지 못한 상황에서 하는 훈련은 그 효과가 다르다.

아르디엔은 이미 자신의 몸을 마음대로 다스릴 수 있었다.

가만히 서서 심박수를 조절하는 것은 일도 아니다.

몸의 세포들을 조종해 근육과 피부, 그리고 뼈의 수축, 이완, 변형을 일으켜 외관을 전혀 다른 모습으로 바꾸는 것도 가능했다.

그렇다 보니 체력을 단련할 때마다 세포들을 더 활성화시켜 그 효과를 배 이상 얻어내는 것은 쉬웠다.

아르디엔은 등에 커다란 바위를 올려놓고 팔굽혀펴기를 했다.

바위는 모양이 제멋대로인지라, 중심을 제대로 잡지 않으면 그대로 굴러 떨어져 버린다.

한데 아르디엔은 바위를 떨어뜨리지 않으면서도 규칙적인 리듬으로 팔을 굽혔다가 폈다.

그것을 벌써 쉰 번이나 쉬지 않고 반복하는 중이었다.

역시나 용의 반점이 지워지지 않은 아르디엔은 괴물이었다.

그랑로드의 아이들이 체력 단련을 하는 것도 잊고 그런 아르디엔을 놀라서 바라보았다.

블루의 시선 역시 아르디엔에게 향해 있었다.

그러다 천천히 걸음을 옮겨 다가갔다.

블루의 손이 아르디엔의 왼쪽 어깨를 어루만졌다.

아르디엔은 팔굽혀펴기를 멈추고서 블루를 올려봤다.

"이제는 반점을 가리고 다니지 않는구나."

전생이었다면 이미 반점은 사라지고 없어야 했다.

아르디엔이 스스로 파냈기 때문이다.

아르디엔은 반점을 파낸 이후에도 어깨를 계속 가리고 다녔다.

처음에는 상처를 가리기 위해서, 이후에는 상처가 다 낫고 난 뒤에 흉이 심하게 져서 그랬다.

반점을 없애겠다고 살을 파냈더니 그 자리에 더욱 흉측한 것이 생겨 버렸으니 소심한 아르디엔이 이를 당당히 내놓고 다닌다는 건 무리였다.

그래서 아무도 아르디엔이 반점을 파낸 것을 몰랐다.

그저 병적으로 심하게 가리고 다닌다고 생각했을 뿐이다.

"네, 가리지 않습니다."

아르디엔이 대답했다.

"왜지?"

블루가 다시 물었다.

"제 삶을 되찾았기 때문입니다."

"…그렇군."

블루는 뭔가를 생각하는 얼굴이었으나 아르디엔에게 더 깊이 묻지 않고 물러났다.

*   *   *

체력 단련이 끝나고 난 뒤에는 한 시간 동안 자유시간이 주어진다.

하루 중 점호 시간을 빼면 유일한 휴식을 취할 수 있는 시간이다.

아르디엔은 버릇처럼 서재로 향했다.

그리고 라하트마의 자서전을 뽑아 읽었다.

그 모습을 서재의 창 밖에서 블루와 레드가 지켜보고 있었다.

두 사람은 나직하게 대화를 나누었다.

"저 책에 유난히 집착하는군."

블루의 말이었다.

"저런 모습 보면 참 귀엽지? 내 밑에 있을 때도 그랬어. 가끔은 밤에 내 침실로 불러들이고 싶어진다니까. 생긴 것도 반반하고. 몸도 좋고. 소심한 성격이 문제였는데, 그것까지 극복했잖아, 이젠?"

"적적하면 내가 상대해 주지."

블루가 레드의 가슴을 보며 히죽댔다.

"사양할게. 난 질척대는 스타일은 별로라서."

"레드, 혹시 너 소문이 사실인 거 아니야?"

"뭐?"

"겉으로는 엄청난 색녀인 척 온갖 남자들 다 홀리고 다니지만 사실 키스도 해본 적 없다는…… 혹시 엄청난 순정녀인 것 아냐? 유일하게 사랑한 남자에게만 몸과 마음을 바치는?"

"좋을 대로 생각해."

"하긴… 네 성격을 보면 그런 순정이 있을 것 같지는 않다만. 아무튼……."

레드의 가슴으로 향해 있던 블루의 시선이 다시 창 너머 아르디엔에게 향했다.

"아무튼 이상하지. 그저 자서전일 뿐인데 말이야."

"모르지. 우리가 보지 못한 무언가가 저 안에 담겨 있을지도."

"웃기는 소리. 나도 저 책을 열 번이 넘게 정독했어. 하지만 아무것도 발견하지 못했다고. 하물며 저런 애송이가? 농담해?"

"두고 보면 알겠지. 앞으로도 잘 감시해."

레드가 블루의 어깨를 툭툭 치고서 자리를 떴다.

고작 삼십 분 동안 그 두꺼운 라하트마의 자서전을 읽어치운 아르디엔의 입가에 미소가 걸렸다.

"그랬군."

자신이 어떻게 라하트마의 자서전에서 깨달음을 얻었는지 비로소 알 수 있었다.

극의의 경지가 무언지 알게 된 이후 책을 읽은 적이 없었기에 그 전에는 그저 자신의 꾸준한 노력이 빛을 발했다고 생각했다.

책에 숨겨진 의미를 그래서 찾아냈다고 믿었다.

한데 아니었다.

자서전 안에 숨겨진 극의의 경지에 대한 언급은 깨달음을 얻은 자가 아니면 이해할 수 없었다.

라하트마는 자서전에 또 하나의 장치를 해놓았다.

아르디엔은 라하트마의 책을 읽으면서 빼곡히 적힌 글자들에 반응하는 세포들을 느꼈다.

"이건 라하트마의 피였어."

라하트마는 그의 피로 일기를 적었던 것이다.

극의에 다다라 세포 하나까지 마음대로 할 수 있는 라하트마의 피는 보통 피가 아니다.

그것은 접촉하는 대상의 세포들을 자꾸만 자극한다.

하지만 그 자극이 강렬하지 않아 사람들은 이를 느낄 수 없다.

아르디엔은 몇 백 번이 넘게 라하트마의 자서전을 읽었고, 그때마다 세포들이 라하트마의 피에 반응했다.

그 작은 떨림이 십수 년간 매일매일 쉼없이 반복하다 어느 순간, 아르디엔의 세포 전부가 라하트마의 피와 공명해 깨달음의 경지에 오르게 된 것이다.

아르디엔은 슬쩍 창밖을 살폈다.

조금 전까지 자신을 지켜보던 레드와 블루가 보이지 않았다.

다른 곳에도 아르디엔을 감시하는 눈은 없었다.

서재에는 오늘따라 아르디엔 혼자만 있었다.

아르디엔은 한 켠에 놓인 호롱불에 불을 당기고서 라하트마의 자서전을 태웠다.

"자신의 피로 집필한 자서전이 두 권은 존재하지 않을 테지."

혼잣말을 내뱉은 그가 잿조각이 된 자서전을 바닥에 아무렇게나 뿌려 놓은 뒤, 서재를 나왔다.

Chapter 03
리더니까

아르디엔이 과거로 회귀한 지 보름이 지났다.

그랑로드가 서열 2위로 올라선 뒤로는 큰 사건이 나질 않았다.

러스트리옴은 폭풍전야와도 같은 침묵을 지키며 그랑로드에게 일부러 시비를 걸어오지 않았다.

데시에도르도 카오란이 나서지 않으니 숨죽여 지냈다.

근래에 가장 큰 일이라고 하면 아르디엔이 라하트마의 자서전을 태워 버린 것이었다.

그건 어찌 보면 국가적인 손해가 될 수도 있을 법한 일이었다.

아직 라하트마의 자서전이 어떤 가치가 있는지 그 진가를 아는 건 아르디엔뿐이다. 자서전을 손에 넣지 못한 이들은 진가를 모른다.

그리고 손에 넣은 이들은 딱히 대단할 것이 없는 책이라고 판단해 버린다.

그것은 겉보기엔 그저 일기의 나열일 뿐, 무학의 원리에 대한 이야기는 조금도 적혀 있지 않기 때문이다.

해서, 라하트마의 자서전은 그 내용을 알지 못하는 타국에게 비싼 값으로 팔아넘기는 것 외엔 쓸모가 없었다.

하지만 이제는 그럴 수가 없게 되었다.

선생들은 아이들을 소집해 누가 책을 태웠느냐고 물었다.

속에서는 천불이 나지만 라하트마의 책이 얼마나 큰돈이 될 수 있는지 자체를 모르는 아이들을 마구 혼낼 수도 없었다.

아르디엔은 손을 들지 않았다.

다른 아이들도 손을 들지 않았다.

결국 그날은 아이들 전부에게 금식 명령이 떨어졌다.

이건 청천벽력 같은 소리다.

눈을 뜬 순간부터 잠들기 전까지 지옥 같은 훈련을 해야 하는 아이들에게 밥을 주지 않는다는 건 가혹하기 그지없는 일이었다.

결국 그 두려움을 참지 못한 데시에도르의 서열 3위 체로스가 페르코의 등을 떠밀었다.

"야, 페르코. 네가 했다고 해."

"내가 왜?"

"그랑로드랑 식당에서 한판 떴을 때 너 아르디엔한테 개처럼 맞았잖아."

"그 얘기를 또 왜 해?"

"그것 땜에 열 받아서 책 태웠다고 해. 아르디엔이 그 책 얼마나 소중히 하는지 잘 알잖아?"

"야… 그건 좀."

페르코는 선생들에게 혼날 것도 걱정이었지만 아르디엔에게 맞는 게 아닌가 하는 근심도 들었다.

하지만 당시는,

"죽어볼래?"

눈앞에 쑥 들이밀어진 체로스의 주먹이 더 무서웠다.

결국 페르코가 누명을 뒤집어쓰면서 사건은 마무리되었다.

페르코의 걱정과는 달리 아르디엔은 그를 건드리지 않았다. 선생들도 페르코에게 이틀간 아침을 주지 않는 가벼운 벌만 내렸다.

그렇게 조용한 나날들이 흘러가던 어느 날.

사건이 터졌다.

*   *   *

비가 추적추적 내리는 밤.

요슈아는 부어터진 몰골로 기숙사에 돌아왔다.

아르디엔이 그런 요슈아를 보며 물었다.

"무슨 일이야?"

"몰라도 돼."

요슈아는 퉁명스럽게 대답하고서 침대에 드러누웠다.

아르디엔은 2층 침대에서 내려와 그런 요슈아에게 다시 물었다.

"무슨 일이냐니까."

"몰라도 된다고!"

"알아야 되겠어."

"네가 왜 알아야 하는데?"

"그랑로드니까."

요슈아가 매서운 눈으로 아르디엔을 노려봤다.

하지만 그런 건 아르디엔에게 아무런 위협이 되질 않는다.

게다가 아르디엔은 요슈아가 왜 저 몰골이 되었는지 익히 알고 있다.

요슈아는 분명 러스트리옴의 아이들에게 집단 구타를 당한 것이다.

당시에는 몰랐으나 훗날 알게 된 사건은 이러했다.

러스트리옴의 서열 15위 샤르토는 대단히 폭력적인 성향을 가진 녀석이다.

그는 자기 기분에 따라 아무 잘못도 없는 아이들을 구타하고 괴롭혔다.

사실 러스트리옴 내에서는 서열이 낮아 함부로 행동하고 다니지 못한다.

때문에 늘 샤르토의 표적이 되는 것은 그랑로드와 데시에도르의 아이들이었다.

이번엔 요슈아가 그의 표적이 되었다.

실력만 놓고 따지면 요슈아가 샤르토보다 위다.

샤르토는 러스트리옴의 뒷배를 믿고서 요슈아에게 시비를 걸었다.

그냥 지나가다 시선이 마주쳤다는 이유만으로 다짜고짜 따귀를 날린 것이다.

요슈아는 황당했지만 러스트리옴이 일원인 샤르토를 손댈수 없었다.

그래서 화를 꾹 눌러 참았는데, 그럴수록 샤르토의 구타는

심해졌고, 결국 뚜껑이 열린 요슈아가 녀석을 두들겨 팼다.

이에 샤르토는 그 사실을 데젤에게 알렸다.

데젤은 자신이 직접 나설 일이 아니라며 밑의 아이들 몇을 보내 요슈아를 집단 구타했다.

요슈아는 가만히 참고 맞으면 일을 크게 만들지 않고 넘어가주겠다는 샤르토의 협박에 기절하기 직전까지 험한 꼴을 당해야 했다.

그래서 이 몰골이 되어 돌아온 것이다.

하지만 사건은 여기에서 끝나지 않는다.

이후로 샤르토는 작정하고서 요슈아를 괴롭혔다.

아르디엔이 다르난 일파에게 당했던 것은 약과에 불과할 정도로 심하게.

이에, 요슈아는 반 미쳐 버린 상태에서 분노가 폭발해 샤르토에게 주먹을 휘두른다.

한데 그 주먹 한 번이 잘못되어 샤르토는 그 자리에서 죽어버린다.

라우덴에서는 힘의 논리로 인해 벌어진 모든 사건을 눈감고 넘어가주지만 살인만큼은 엄격히 금하고 있다.

요슈아는 결국 선생들에게 끌려가 두 달 동안 독방에 갇혀 채찍질을 당하고 하루에 수프 한 끼를 먹으며 연명해야 하는 징벌을 받게 된다.

'나로 인해 미래가 바뀌기 시작했으니, 이번 사건도 벌어지지 않을 것이라 생각했는데.'

꼭 일어날 사건은 일어나는 모양이다.

그렇다면 사건이 더 커지기 전에 아르디엔이 나서서 정리하는 게 옳았다.

어차피 러스트리옴과의 싸움은 피할 수 없다.

언젠가 한번은 전쟁을 일으켜야 한다.

아르디엔이 자신을 노려보는 요슈아의 어깨를 툭툭 두들겼다.

"자라."

요슈아가 콧방귀를 뀌며 등을 돌려 누웠다.

*　　*　　*

오늘은 실전 훈련이 있는 날이다.

세 그룹의 아이들은 평소보다 일찍 아침을 먹고 선생들의 지도하에 인근의 숲으로 향했다.

세 명의 선생 중 블루가 아이들의 앞으로 나섰다.

실전 훈련은 그의 담당이었다.

"룰은 언제나와 똑같아. 숲 속에서 하루를 버텨라. 그리고 몰려드는 몬스터들을 죽이고 귀를 잘라라. 가장 많은 귀를 모아온 그룹이 승리를 거머쥘 것이다. 그리고 승리한 그룹 내에서 다시 1위를 뽑아 외박권을 주겠다."

외박권이라는 말에 아이들의 눈에 불길이 일렁였다.

그들은 라우덴에서 살인병기로 길러지고 있었지만, 세상 물정 하나 모른다.

때문에 바깥 세상에 대한 동경을 갖고 있다.

여태껏 외박권을 받은 사람은 다섯 명밖에 되지 않았다.

이 선택받은 다섯 사람은 바깥 구경을 하고 돌아올 때마다 마치 신기한 세상을 보기라도 한 것마냥 신나게 떠들어댔다.

그러니 아직 고아원을 벗어나지 못한 아이들이 외박권을 간절히 원하는 건 당연한 상황이었다.

'외박권.'

드디어 아르디엔이 고아원을 나갈 수 있는 기회가 찾아왔다.

어차피 몬스터들 귀를 잘라 모으는 건 일도 아니다.

블루는 숲에서 가장 큰 나무 기둥으로 다가갔다. 그러더니 나무 기둥을 발끝으로 탁탁 차고 올라가 어느새 나무 꼭대기에 올라섰다.

팔짱을 끼고서 주변을 휙 둘러본 블루가 눈을 감았다.

그리고 반경 4킬로미터 내에 있는 몬스터들을 전부 불러 모았다.

인간이 몬스터를 불러 모은다?

그것이 과연 가능한 일인가?

블루는 가능했다. 그에게는 '뇌파'라는 기술이 있다.

이 뇌파의 기술은 블랙에게도, 레드에게도 있다.

하지만 뇌파를 이용해 사용할 수 있는 능력이 다르다.

블루의 능력은 반경 4킬로미터 내의 자신보다 약한 몬스터들을 마음대로 조종하는 것이다.

몬스터들이 블루에게 현혹당하고 명을 따르기 전까지는 시간이 필요하다.

라우덴의 아이들은 긴장의 끈을 늦추지 않으면서 주변을 경계했다.

그런데 샤르토가 러스트리옴의 서열 16위 가르나트, 17위 팔토를 데리고 건들거리며 요슈아에게 다가왔다.

"야."

샤르토는 요슈아의 머리를 툭 쳤다.

요슈아가 그런 샤르토를 죽일 듯 노려보았다.

"뭘 노려봐? 왜? 치려고? 여기서 전쟁 한번 벌일래?"

참아야 한다.

요슈아는 스스로를 달랬다.

"그래, 그렇게 눈 깔고 다녀. 앞으로도 계속. 이번에 아르디엔이 좀 설쳐서 살기 편해졌다고 너무 나대지 말란 말이야.

데젤은 괴물이야. 알지? 괜히 잘못 건드렸다간 너희 전부 찢
어발겨 버릴지도 몰라."

샤르토의 말이 맞다.

데젤은 괴물이다.

아무리 아르디엔이 카오란을 이겼다고 해도 데젤에게는
못 당할 게 분명했다.

요슈아는 이를 앙다물었다.

꽉 쥔 주먹이 부르르 떨렸다.

"주먹을 쥐어? 아무래도 안 되겠다. 오늘부터 우리 장난감
이 되려면 어떻게 행동해야 하는지 보여줘야겠어. 따라와."

샤르토 일행이 요슈아를 데리고 숲 속으로 숨어들었다.

레드와 블랙은 이를 보고서도 모른 체했다.

                    *   *   *

샤르토가 굵은 나뭇가지를 꺾어 몽둥이로 만들었다.

가르나트와 팔토는 그런 샤르토의 양옆에 서서 비릿한 미
소를 머금었다.

"그럼 제대로 신고식 한번 해보자."

샤르토는 바닥에 침을 탁 뱉었다.

한 손에 든 몽둥이로 다른 손바닥을 톡톡 치며 요슈아에게

다가갔다.

"이 꽉 깨물어."

나무 몽둥이가 높이 올라갔다.

샤르토는 요슈아의 얼굴을 그대로 후려치려 했다.

샤르토의 팔이 강렬하게 움직였다. 손에 쥔 나무 몽둥이가
바람을 갈랐다.

쐐애애액!

그대로 맞았다가는 턱이 날아갈 판이다.

한데,

턱.

누군가 샤르토의 팔목을 잡았다.

요슈아가 이 상황에 난입한 이를 놀란 눈으로 바라봤다.

"…아르디엔."

"적당히 하지?"

샤르토의 팔목을 쥔 아르디엔의 손에 힘이 들어갔다.

"아악!"

샤르토가 비명을 질렀다. 녀석의 손에 들린 나무 몽둥이가
바닥으로 떨어졌다. 이에, 가르나트와 팔토가 아르디엔에게
달려들었다.

아르디엔은 샤르토의 팔목을 더욱 세게 쥐었다.

콰득!

"으아아악!"

샤르토가 비명도 모자라서 고함을 쳤다.

녀석의 팔이 부러져 기이한 모양으로 휘었다.

그 광경에 달려들던 가르나트와 팔토가 굳어버렸다.

순간 두 녀석의 얼굴에 불이 번쩍했다.

퍼퍽!

"크억!"

"억!"

아르디엔의 주먹이 안면을 강타한 것이다.

가르나트는 코뼈가 부러졌다. 팔토는 쌍코피가 터졌다.

고작 한 대씩 얻어맞은 것뿐인데 정신이 어찔했다.

그사이 아르디엔은 샤르토의 복부를 걷어찼다.

뻑!

"억!"

샤르토가 뒤로 나가 떨어졌다.

"샤, 샤르토!"

"괜찮아!?"

가르나트와 팔토가 얼른 샤르토에게 다가가려 했다. 하지
만 그럴 수 없었다.

덥썩.

아르디엔의 우악스런 손이 두 녀석의 뒷목을 쥐었다. 그러

고서는 그대로 들어 올렸다. 가르나트와 팔토의 발이 허공에 붕 떠올랐다. 얼굴은 새하얗게 질렸다: 숨이 턱턱 막혔다.

어떻게든 아르디엔의 손아귀에서 벗어나려 바둥거렸다. 하지만 헛수고였다.

아르디엔의 손을 풀어보려 했으나 역부족이었다. 아르디엔은 그 상태로 두 녀석을 박치기시켰다.

빠박!

"억!"

"크악!"

박 터지는 소리가 났다.

비명을 내지른 가르나트와 팔토가 눈을 까뒤집었다.

뇌에 심한 충격이 온 것이다.

아르디엔이 그제야 뒷목을 놓았다.

털썩.

박치기를 당한 두 놈은 그대로 정신을 잃었다.

바닥을 기던 샤르토가 공포에 질린 눈으로 아르디엔을 바라보았다.

아르디엔이 샤르토에게 저벅저벅 다가갔다.

"아, 아르디엔. 잠깐만."

"시끄럽다."

퍽!

아르디엔의 발이 샤르토의 턱을 올려 찼다.

"껵!"

신음을 토하는 그의 입에서 피에 젖은 치아 두 대가 튀어나
왔다.

아르디엔의 발이 채찍처럼 움직여 샤르토의 뺨을 후렸다.

퍽!

"크허……."

샤르토의 초점이 풀렸다.

입 밖으로 피가 줄줄 흘렀다.

줄 끊어진 인형처럼 흐느적대던 샤르토는 결국 정신을 잃
고 완전히 뻗었다.

순식간에 상황을 정리한 아르디엔이 요슈아를 돌아봤다.

"괜찮냐."

"너… 어쩌자고……."

"어쩌자고, 뭐?"

"러스트리옴 애들을……!"

요슈아는 이런 상황을 피하기 위해서 지금껏 꾹 참아왔다.

그런데 그랑로드의 리더라는 녀석이 최악의 상황을 만들
어 버렸다.

화가 났다.

요슈아가 아르디엔의 멱을 틀어쥐고 소리쳤다.

"리더라는 놈이 대체 왜 그런 거냐고!"

아르디엔이 옅게 미소 지었다.

이 상황에서 웃어?

요슈아는 더 화가 치밀어 올랐다.

그가 한마디 더 쏘아붙이려는 순간, 아르디엔의 입이 열렸다.

"리더니까."

"…뭐?"

"동료가 위기에 처했는데 그냥 지켜봐야만 하는 건 리더가 아니야. 난 그렇게 알고 있어."

"하지만 네가 이 녀석들을 두들겨 패는 바람에 상황이……."

"좋아졌지. 네가 안 다쳤잖아."

아르디엔이 자신의 멱을 쥔 요슈아의 손을 부드럽게 풀었다.

"가자. 곧 몬스터들이 몰려올 거야."

"어딜 가?"

아르디엔의 앞을 누군가 막아섰다.

갑자기 나타난 이는 러스트리욤의 리더 데젤이었다.

Chapter 04
절대 우위

데젤은 처음부터 또래들과 남달랐다.

발육이 빨랐다. 그만큼 키도 크고 기골이 장대했다.

도저히 16세의 소년이라고는 안 믿길 만큼 터질 듯한 근육
이 온몸 가득 박혀 있었다.

검은색의 거친 더벅머리와 눈동자, 그리고 사나운 얼굴은
카오란이나 아르디엔과는 대조적이었다.

요슈아는 데젤을 보자마자 심장이 쿵 내려앉았다.

하지만 아르디엔은 건조하게 그를 바라볼 뿐이었다.

"러스트리옴을 건드렸으니 대가를 받아야지."

"러스트리옴이 먼저 그랑로드를 건드렸다. 대가는 너희가 받아야지."

아르디엔이 조금도 물러서지 않자 데젤이 피식 웃었다.

"긴말하지 않는다. 손가락 하나만 놓고 가. 그럼 없던 일로 해주지."

"네 모가지 간수나 잘해라."

"그 말… 후회하게 될 텐데."

데젤이 차가운 미소를 물었다. 아르디엔은 여전히 무표정이었다.

데젤이 천천히 아르디엔에게 다가왔다. 둘 사이의 거리가 점점 좁혀졌다.

요슈아가 마른침을 넘겼다.

일촉즉발의 상황.

두 사람이 서로의 사정권에 들어왔다.

잠시 동안의 기 싸움이 이어졌다.

데젤이 주먹을 말아 쥐고 들어 올리는 순간,

두두두두두.

대지가 흔들렸다.

몬스터들이 다가오고 있는 것이다.

김빠진 데젤이 주먹을 풀었다.

"몬스터가 널 살리……"

퍽!

"…컥!"

데젤은 말을 하다 말고 고개가 옆으로 돌아갔다.

아르디엔의 주먹이 데젤의 뺨을 후려친 것이다.

데젤이 눈을 부릅뜨고서 아르디엔을 노려봤다. 아니, 노려
보려 했다. 하지만 그럴 수 없었다.

빠악!

"악!"

또다시 아르디엔의 주먹이 날아들었다.

데젤은 쇳덩이에 얻어맞은 듯한 충격을 느꼈다. 절로 다리
에 힘이 풀렸다. 쓰러지지 않기 위해 비틀대며 뒤로 물러났
다.

"너 이 새끼!"

"싸우자고 온 거 아니야? 그럼 끝까지 해라. 몬스터 핑계
대고서 적당히 넘어갈 생각하지 마라."

'이건 미친 짓이야!'

요슈아가 생각했다.

그가 보기엔 데젤이 방심했기 때문에 얻어맞은 것뿐이었
다.

게다가 곧 몬스터들이 몰려올 텐데 싸움을 벌이다니.

데젤만 해도 버거울 텐데, 어쩌려는 생각인지 알 수가 없

었다.

"요슈아."

아르디엔의 부름에 요슈아가 대답했다.

"어?"

"샤르토 일행을 잘 지켜. 그 정도는 할 수 있지?"

몬스터들로부터 샤르토 일행을 지키라는 말이다.

요슈아는 그랑로드의 서열 5위다. 제법 실력이 있었다. 하지만 세 사람을 지키며 몬스터 군단과 싸우는 건 힘든 일이다. 그러나 불가능한 것도 아니다.

"알았어."

요슈아가 대답했다.

그와 동시에 사방에서 몬스터들이 몰려들기 시작했다.

선두에서 달려드는 놈들은 오크였다.

성인 남자보다 머리 하나는 더 큰 신장에 돼지처럼 흉측한 얼굴이 역겹다. 온몸은 갈색 털로 뒤덮여 있고, 송곳니가 멧돼지처럼 불쑥 솟구쳤다.

손에는 저마다 녹슨 검이나 도끼, 창 따위의 무기들을 들고 있다. 인간들의 마을을 약탈하며 빼앗은 것이다.

"퀴이이이이이익!"

"퀴익! 퀴이익!"

오크들이 기분 나쁜 괴성을 질렀다.

먹잇감을 발견한 맹수의 그것과 같았다.

요슈아는 기절한 샤로트 일행 곁을 지키고 섰다.

허리에 차고 있던 롱소드를 뽑아 사위를 경계했다.

데젤도 검을 뽑았다. 하지만 아르디엔은 검을 뽑지 않았다.

데젤이 그런 아르디엔을 의아하게 봤다.

라우덴의 아이들이 아무리 강하다 해도, 몬스터 군단을 상대로 싸울 땐 검이 없으면 힘들다.

그런데 아르디엔은 태연자약했다.

"퀴이이이익!"

오크 한 마리가 데젤에게 달려들었다.

서걱!

데젤의 검이 작은 호를 그렸다. 달려들던 오크의 목이 잘리며 바닥을 굴렀다. 머리가 사라진 모가지에서 피가 분출했다.

그때 데젤의 뒤로 또 다른 오크가 공격을 가했다.

데젤이 몸을 틀며 검을 휘두르려는데, 갑자기 오크의 머리가 퍼석! 하며 터져 나갔다.

아르디엔의 주먹이 먼저 작렬한 것이다.

'날 도와?'

데젤이 당황하는데, 갑자기 아르디엔의 주먹이 이번엔 데젤의 명치를 때렸다.

빽!

"억!"

데젤은 그대로 날아가 물수제비뜨듯 바닥에 튕겼다.

그리고서는 기절한 샤르토 일행 곁에 널브러졌다.

아르디엔이 데젤에게 말했다.

"너도 거기서 샤르토 일행을 지켜."

"무슨 헛소리를……!"

말을 하는데 오크 네댓 마리가 우르르 몰려들었다.

상황을 보니 요슈아 혼자서는 당해내기 힘들었다.

데젤은 어쩔 수 없이 요슈아와 함께 샤르토 일행 곁에서 검을 휘둘렀다.

아르디엔은 혼자 동떨어져 있었다.

여럿이 뭉쳐 있는 것보다 따로 떨어져 있는 사냥감이 더욱 상대하기 쉽다.

오크들은 아르디엔에게 우르르 몰려들었다.

'전생의 나였다면…….'

겁부터 집어먹고 도망쳤을 것이다.

그리고 누군가의 곁에 딱 달라붙어 제발 살려달라고 애걸복걸했겠지.

몬스터 군단과의 싸움에서 사망자는 발생하지 않는다.

위기의 순간엔 선생들이 나타나 반드시 구해준다.

하지만 그 위기라는 것이 정말 목숨이 끊기기 전의 절체절명의 순간을 말한다.

육신이 엉망이 되어 숨이 넘어가기 전, 혹은 오크의 치명적인 일격에 목이 잘리기 전이 아니면 선생들은 나타나지 않는다.

따라서 아르디엔은 늘 생사의 고비를 오가는 상태에서 구조되곤 했다.

그러나 지금은 아니다.

아르디엔의 눈에 비친 오크들은 어린아이와 다름없었다.

그는 극의를 보았다.

아르디엔의 체내에 있는 기운이 서서히 다른 성질로 변했다.

몸의 세포 하나하나를 다스릴 수 있는 그다.

육신을 유지해 주는 기운, 그것은 오러다.

오러 역시도 아르디엔은 자신의 의지대로 성질을 변화시킬 수 있었다.

검사가 마법사와 다른 점은, 바로 이 오러를 사용한다는 것이다.

오러는 육신을 단련시킬수록 자라나는 기운이다.

오러가 커지면 나중엔 눈에 보이는 빛의 형태로 검에 담아 휘두를 수 있다.

그렇게 되면 검의 위력이 훨씬 배가 된다.

오러는 검에만 실을 수 있는 게 아니다.

모든 무기에 다 실을 수 있다. 주먹에도 실을 수 있다. 다만 그 성질을 변화시킬 순 없다. 그저 위력만 배가시켜 줄 뿐.

하지만 마나는 다르다.

여러 가지 다른 속성으로 변화시켜, 속성 계열 마법을 시전할 수 있게 해준다.

한데 아르디엔은 오러의 속성을 변화시킬 수 있었다.

체내에 있는 오러가 바람의 기운을 머금었다. 그것이 아르디엔의 주먹에 실렸다.

육신이 어렸을 적으로 돌아간 터라 아직 오러의 크기는 거대하지 않지만, 이미 속성을 변화시켰다는 것만으로도 엄청난 일이다.

아르디엔의 주먹에서 초록빛으로 물든 기운이 날카롭게 소용돌이쳤다. 그것을 오크들에게 휘둘렀다.

콰콰콰콰콱!

찰나의 순간 여섯 마리의 오크가 머리에 바람구멍이 나 뒤로 날아갔다.

그 광경을 본 데젤과 요슈아가 입을 쩍 벌렸다.

아르디엔이 다른 오크들에게 다가가 또다시 주먹을 휘둘렀다.

콰콰콱!

아르디엔에게 당한 오크들은 여지없이 날카로운 소용돌이에 파인 상처를 입고서 허물어졌다.

오크들은 무기를 한 번 휘둘러 볼 새도 없이 피와 뇌수를 쏟으며 시체가 되었다.

아르디엔은 그야말로 광풍이었다.

광풍이 몰아치는 곳엔 두 발로 땅을 딛고 서 있는 자가 없었다.

다들 가을날 목이 베이는 벼처럼 우르르 쓰러졌다.

상황이 그리되니 요슈아와 데젤에게 달려들던 오크들도 모두 아르디엔을 잡으러 다가왔다.

하지만 아르디엔은 지금 전장의 사신이었다.

곁에 다가오는 이들은 모두 죽음을 면치 못했다.

아르디엔의 주먹에 맞아 사지가 뒤틀리고 복부가 뚫려 내장을 쏟았다.

붉게 물든 살 조각이 사방으로 튀었다.

삽시간에 근 마흔에 가까운 오크가 죽어나갔다.

더 이상 숨이 붙어 있는 오크가 남아 있지 않자 아르디엔은 주먹을 풀었다.

동시에 그의 손에 어려 있던 바람의 기운도 사라졌다.

아르디엔이 데젤에게 다가갔다.

"아까 우리 둘이 하던 거 계속해야지?"

데젤은 멍한 얼굴로 한동안 아무런 대답을 하지 못했다.

라우덴 내에서 괴물이라고 불려오던 자신이었다.

한데… 아르디엔은 괴물의 수준을 넘어 있었다.

절대적 우위!

감히 데젤이 함부로 덤빌 수 있는 레벨이 아니었다.

대체 무엇이 아르디엔을 이렇게 변화시킨 건지, 알 수가 없었다.

데젤이 차마 주먹도 제대로 쥐어보지 못하고서 고개를 떨궜다.

"내가… 졌다."

요슈아가 놀라서 데젤을 쳐다봤다.

하지만 그의 심정이 충분히 이해됐다.

자신이 데젤의 입장이었어도 똑같이 행동했을 것이다.

아르디엔은 이미 레벨이 달랐다.

"그럼 앞으로 오늘부로 라우덴의 서열 1위는 그랑로드다."

데젤은 말없이 고개를 끄덕였다.

아르디엔이 샤르토를 부축했다.

"너희도 한 명씩 부축하고 따라와. 동료들과 합류하자."

데젤과 요슈아가 멀어지는 아르디엔의 등을 멍하니 보다가 가르나트와 팔토를 들쳐 업고서 걸음을 옮겼다.

　　　　*　　　*　　　*

　동료들과 합류하러 가는 길목에서 맞닥뜨리는 몬스터들을 아르디엔은 손쉽게 처리했다.

　한 명을 부축하고 가는 와중에도 그는 검을 뽑지 않고 맨주먹으로만 오크들을 때려 눕혔다.

　아르디엔의 허리춤에 걸린 커다란 주머니는 이미 묵직해져 있었다.

　오크들 마흔 마리와 코볼트, 열 마리의 귀가 담겨 있었다.

　마침내 라우덴의 아이들이 모여 있는 공터에 도착했다.

　그곳에선 러스트리움의 서열 2위 팔테온이 다른 아이들보다 무거운 주머니를 들어 올린 채 크게 웃고 있었다.

　"하하하하! 딱 봐도 우리 러스트리움이 몬스터들을 가장 많이 잡은 것 같은데? 데젤이 나만큼 해치우지 않았으면 이번에 바깥 구경 하는 건 이 몸이야!"

　아이들은 부러운 눈으로 팔테온을 바라봤다.

　그런데 그때 아이들의 시선이 일제히 한 곳으로 향했다. 이어, 누가 먼저랄 것도 없이 입이 쩍 벌어졌다.

　"응?"

　이상함을 느낀 팔테온이 집중되어지는 시선을 따라 고개

를 돌렸다. 그의 입도 쩍 벌어졌다.

샤르토를 부축하며 합류한 아르디엔의 허리에 어마어마하게 부푼 주머니가 달려 있었다.

아르디엔은 샤르토를 내려놓고, 보자기도 내려놓았다.

뒤따라온 데젤과 요슈아가 가르나트와 팔토를 샤르토의 곁에 눕혔다.

딸꾹.

누군가 아르디엔의 보자기를 보며 딸꾹질을 했다.

                    *   *   *

숲 속에 어둠이 내렸다.

아르디엔은 몰려드는 몬스터들을 꾸준히 죽여 없앴다.

다른 아이들은 거의 손을 쓸 새가 없었다.

그는 한줄기 바람처럼 질주해 몬스터에게 다가가 광풍처럼 휘몰아쳐 목숨을 앗아갔다.

팔테온의 보자기는 낮에 비해서 거의 부풀지 않았다.

다른 아이들도 사정은 마찬가지였다.

반면 아르디엔은 보자기가 차고 넘쳐서 이제는 보자기 주변에다가 귀를 쌓아 놓았다.

해가 완전히 떨어지고 나서, 선생들이 아이들 앞에 모습을 드러냈다.

블루도 나무에서 내려왔다.

"실전 훈련은 여기까지다."

선생들의 시선이 일제히 아르디엔의 보자기로 향했다.

"아르디엔."

블루가 아르디엔을 불렀다.

"네."

"몬스터들보다 네가 더 몬스터 같더구나. 아무튼 놀랐다. 이렇게까지 많은 몬스터를 독식할 줄은 몰랐다. 보나마나 이번 실전 훈련의 우승팀은 그랑로드일 테고, 그랑로드 내에서 가장 많은 귀를 수집한 사람도 아르디엔이겠지."

반론의 여지가 없었다.

"고로 외박권은 아르디엔에게 주겠다. 이의있나?"

이의를 제기할 수 있을 리가.

"아르디엔."

"네."

"내일 바로 외출 준비를 해라. 가고 싶은 도시가 있나? 너무 먼 곳은 안 된다."

아르디엔은 잠시 고민했다.

가고 싶은 곳이라.

사실 라우덴의 아이들은 고아원에서 나가본 적이 없다.

그렇게 물어봐도 어디라고 정확한 지명을 말하기 힘들다.

물론 전쟁을 위해 길러진 아이들인지라 나라의 지도는 머릿속에 전부 외우고 있었다. 그러나 고기도 먹어본 놈이 더 잘 먹는다고, 한 번도 외출을 해보지 못한 아이들은 어디를 가야 좋을지 모른다.

하나, 아르디엔의 머릿속엔 명확히 떠오르는 도시가 있었다.

바로 자신이 속한 그룹의 이름이기도 한 그곳.

"그랑로드를 가고 싶습니다."

"거기엔 왜?"

"훗날 전쟁이 일어나면 우리가 점령해야 할 도시니까요."

라우덴의 아이들이 속한 그룹의 이름은 그라함 왕국의 전략전 요충지가 되는 도시들 이름이다.

전쟁이 일어나면 각 그룹의 무적기사들은 그랑로드, 러스트리움, 데시에도르를 내부에서 우선 점거해야 한다.

그랑로드는 그라함 왕국에서 가장 식량 자원이 풍부한 도시다.

그라함 왕국 전역으로 유통되는 사람들의 주식 중 오십 퍼센트가 이곳에서 생산된다 해도 과언이 아니다.

때문에 그곳을 점거하면 전투 식량의 보급이 끊긴다.

라우덴에서는 마차로 반나절 정도 떨어져 있다.

"좋아. 그랑로드를 가도록 하지. 레드가 동행할 것이다."

블루가 허락했다.

하지만 그는 아르디엔의 진짜 속내를 알지 못했다.

아르디엔이 그랑로드에 가고 싶어 하는 이유.

거기엔 황금의 백작이 살고 있었다.

사실 어느 도시를 가도 상관은 없다.

아르디엔은 레드를 따돌리고 다른 곳으로 도망칠 자신이 충분히 있었다.

하지만 이왕이면 황금의 백작이 사는 도시를 눈에 담고 새로운 출발을 하고 싶었다.

"오늘은 이만 고아원으로 복귀한다."

블루의 말에 데젤이 손을 들었다.

"할 말 있나?"

"있습니다."

"해봐."

데젤이 착잡한 얼굴로 러스트리옴의 아이들을 훑어봤다. 미안함과 부끄러움에 주먹에 힘이 들어갔다. 하지만 인정할 건 인정해야 했다.

"오늘부로… 러스트리옴은 서열 2위가 되었습니다. 서열 1위는 그랑로드입니다."

"뭐?"

"그게 무슨……!"

러스트리옴의 아이들은 뒤통수를 얻어맞은 얼굴이 되었다.

하지만 크게 반박하는 이들도 없었다.

그들도 데젤이 먼저 보았던 아르디엔의 무위를 두 눈으로 직접 확인했다.

데젤이 아무리 대단하다고 한들, 아르디엔에겐 대적할 수 없다는 계산이 머릿속에 콱 박혀 있었다.

블루가 아르디엔에게 물었다.

"아르디엔, 데젤의 말을 인정하느냐."

"인정합니다."

"너희끼리 그렇게 정했다면 됐다. 내일부터 라우덴의 서열 1위 그룹은 그랑로드다."

"우, 우와아아아아아아!"

"와아아아아아아!"

그랑로드의 아이들이 기쁨에 찬 함성을 내질렀다.

비로소 요슈아의 입에 미소가 걸렸다.

Chapter 05
미래의 안배

새벽녘.

라우덴의 선생들은 숲에 즐비한 몬스터의 시체를 한데 쌓아두었다.

"대부분 아르디엔에게 맞아 죽었어."

블랙이 말했다.

"한데 뭘 어떻게 했길래 이런 상처가 난 건지, 원."

블루가 입맛을 다셨다.

아르디엔에게 당한 오크들은 머리가 터지거나 가슴, 혹은 복부에 바람구멍이 뚫렸다.

무언가로 도려내 버린 듯한 상처다.

"우리 모르게 딱히 다른 수련을 하는 것 같지도 않던데."

"점점 더 궁금해진단 말야. 깊이 알아보고 싶은데. 후훗."

레드가 혀로 입술을 핥았다.

"적적하면 나를 부르라니까."

"꺼져."

블루의 농에 레드가 핀잔을 놓았다.

"상부에 보고해야 할까?"

무안해진 블루가 말을 돌렸다.

블랙이 고개를 저었다.

"아니, 아직 그럴 필요는 없어. 간혹 엄청난 무재가 태어나기도 하는 법이니까. 아르디엔도 그런 천재일지 모르지. 조금 더 지켜보자고."

말을 마치며 블랙이 한 손을 쫙 펴 앞으로 내밀었다. 그리고 서서히 주먹을 쥐었다.

산처럼 높이 쌓여 있던 몬스터들의 시체가 갑자기 응축됐다.

이어, 블랙이 주먹을 꽉 쥐는 순간,

푸화아아악!

몬스터들의 시체는 완전히 짓뭉개져 형체를 알아볼 수 없는 고깃덩이가 되었다.

블랙이 다시 손을 놀렸다.

땅이 움푹 파이며 구덩이가 만들어졌고, 고깃덩이들은 그 안으로 들어갔다.

"언제 봐도 살 떨린다니까."

블루가 고개를 절레절레 저었다.

블랙의 능력은 사이코키네시스.

물리적 수단을 이용하지 않고 원하는 대상에 힘을 가하는 것이다.

"돌아가자."

블랙의 말에 레드가 손을 휘둘렀다.

그러자 세 사람의 모습이 삽시간에 사라졌다.

레드의 능력은 7서클의 마법사들이나 사용할 수 있는 텔레포트였다.

                    *   *   *

다음 날 아침.

식당에는 그랑로드의 아이들이 가장 먼저 모여들었다.

하나같이 만면에 웃음을 머금고 있었다.

"우리가 서열 1위라니, 꿈만 같다."

다르난이 히죽거렸다.

그러자 요슈아가 녀석의 옆구리를 팔꿈치로 찔렀다.

"윽! 왜?"

"네가 그렇게 괴롭히던 아르디엔 덕분이라는 거 잊지 마라."

"참 나. 너도 못지않게 아르디엔 무시했었잖아?"

"지금 개기냐?"

요슈아가 눈을 희번덕거렸다.

그에 다르난은 금세 꼬리를 말고 헤실헤실 웃었다.

"미, 미안해. 헤헤."

역시나 자기보다 강한 사람에겐 확실히 기는 다르난이었다.

그랑로드의 아이들은 식당에 줄을 서서 화기애애 떠들어댔다.

하지만 보름 전까지만 해도 그랑로드의 서열 1위였던 바르타인은 아무런 말이 없었다.

이에 하나둘 그의 눈치를 보기 시작했다.

아르디엔에게 리더 자리를 빼앗겨서 심사가 뒤틀린 것 같아 보였기 때문이다.

하지만 바르타인의 내심은 달랐다.

그는 아르디엔에게 고마워하고 있었다.

워낙 생긴 게 무서운 데다 말수가 적어서 화난 것 같아 보일 뿐이다.

그랑로드의 아이들이 모두 배급을 받아 가장 좋은 테이블에 둘러앉았다.

마지막으로 배급을 받은 아르디엔이 착석하자 아이들은 그제야 숟가락을 들었다.

"할 말이 있다."

한데 아르디엔은 숟가락을 들지도 않고 그리 말했다.

아이들이 일제히 숟가락을 다시 놓았다.

"너희는 모두 강해. 여태껏 다른 아이들보다 약하기 때문에 서열 싸움에서 밀려났던 게 아니야. 한 명 한 명의 실력 차를 놓고 본다면 전체적으로 그랑로드가 우세해. 다만, 그룹의 서열은 리더끼리의 싸움에서 좌우되니 늘 밑바닥에서 굴러먹어야 했던 것뿐이야."

그 얘기에 바르타인이 고개를 떨궜다.

면목이 없었다.

아르디엔의 이야기는 계속 이어졌다.

"말라스."

말라스는 그랑로드의 서열 2위였으나 아르디엔이 리더가 되면서 3위로 밀려난 아이였다.

말라스가 아르디엔을 바라봤다.

"앞으로 네가 바르타인에게 타격기를 가르쳐."

"뭐?"

아이들이 술렁댔다.

바르타인보다 서열이 낮은 말라스한테 왜 이런 말을 하는 것인지 이해할 수 없었다.

아르디엔의 설명이 이어졌다.

"분명 바르타인은 강해. 말라스와 붙으면 백전백승이겠지. 하지만 바르타인이 카오란이나 데젤과 붙는다면? 백 퍼센트 진다. 힘으로 따지자면 바르타인은 그 둘에게 절대 밀리지 않아. 아니, 오히려 능가하지. 하지만 바르타인에게는 치명적인 약점이 하나 있어."

그게 뭔지 바르타인은 이미 짐작하는 얼굴이었다.

그러나 다른 아이들은 여전히 모르겠다는 표정이었다.

"바로 급소를 잘 가격하지 못한다는 거야. 그러나 말라스는 상대방의 치명적인 급소를 정확하게 가격하지. 눈이 좋아. 감도 좋고, 임기응변도 뛰어나. 하지만 힘이 약해. 그래서 맷집이 좋은 상대들한테는 말라스의 공격이 크게 먹히지 않는 거야."

"아……."

말라스가 뭔가 깨달은 듯 고개를 끄덕였다.

"그러니까 말라스가 바르타인에게 타격기를 가르쳐주라는 얘기야. 네가 아는 그 모든 것들을 전부 다 전수해."

말라스는 바르타인의 눈치를 살폈다.

그러자 바르타인이 고개를 끄덕였다.

"그렇게 해."

"알았어. 그런데 왜 갑자기 그런 말을……?"

"말했다시피 그랑로드의 전체적인 전력은 다른 그룹에 절대 밀리지 않아. 한데 내가 갑자기 사라진다고 생각해 봐."

"그게 무슨 말이야? 네가 왜 사라져?"

"만약의 경우를 얘기한 거야. 생각해 봐. 라우텐에서의 훈련 강도는 나날이 거세지고 있어. 지금까지 훈련을 하는 와중 죽어버린 동료들이 수십이야. 나라고 그렇게 가버리지 않으리라는 법 없어."

"……."

좌중에 침묵이 감돌았다.

"그렇게 되면 또다시 서열 3위가 되어 눈칫밥만 먹고 지낼 거냐?"

"…아니, 절대 그러지 않을 거야."

다르난의 말이었다.

요슈아도 이를 잘근 깨물었다.

"그럼 됐어. 당장 오늘부터 내가 말한 대로 해."

아르디엔은 그제야 숟가락을 들었다.

이에, 다른 아이들도 겨우 식사를 할 수 있었다.

아르디엔의 일장 연설로 인해 분위기가 무거워졌지만 침울해하는 이는 없었다.

오히려 새로운 투지를 불태우고 있었다.

*   *   *

다음 날 일찍부터 아르디엔은 레드와 함께 라우덴을 나섰다.

아르디엔이 딱히 챙겨야 할 것은 없었다.

애초에 라우덴 내에서 아이들의 개인 소장품은 존재치 않았다.

레드는 미리 준비해 둔 마차에 아르디엔과 함께 올랐다.

마차가 거친 산길을 벗어나 도로로 접어들었다.

딱 반나절이 걸려 마차는 두 사람을 그랑로드에 데려다 주었다.

마부는 마차를 역관에 맡겨놓고 근처에 여관을 잡았다.

아르디엔과 레드도 같은 여관에 방 하나를 빌렸다.

"어쩔래, 아르디엔? 알겠지만, 내일 저녁에는 돌아가야 돼. 지금 나가서 도시를 둘러볼래? 아니면 여기서 나랑 좋은 시간 보내던가?"

아르디엔이 노골적으로 유혹하는 레드의 얼굴을 무심히

바라보았다.

그녀는 라우덴의 아이들이 외박을 할 때마다 늘 동행해 왔다.

"항상 이런 식입니까?"

"그럴 리가? 나 엄청 비싼 몸이야. 아무한테나 이러진 않아. 게다가 작년까지는 너희 전부 남자라고 하기엔 좀 어렸잖아?"

"밖을 둘러보고 오겠습니다. 동행해야 합니까?"

"아니. 나 없다 생각하고 마음대로 행동해."

미행을 하겠다는 얘기다.

아르디엔이 그 정도도 못 알아들을 정도로 바보는 아니다.

"알겠습니다."

*   *   *

밖으로 나온 아르디엔은 기감을 끌어 올렸다.

멀리서 자신을 쫓아오는 레드의 움직임이 포착되었다.

어지간히 수련을 한 기사들도 지금 레드의 기척을 잡아내긴 힘들다.

하지만 극의를 본 아르디엔에게 이 정도는 어려운 일이 아니었다.

아르디엔은 최대한 자연스럽게 행동하며 거리를 누볐다.

그러다 장터에 들어섰다.

저녁 무렵의 장터는 사람들로 북적였다.

사방에서 호객하는 장사치들의 외침이 들려왔다.

먹거리를 파는 노점과 식당에서는 군침이 돌게 하는 냄새가 풍겨졌다.

지금 아르디엔의 몸은 인간의 한계를 초월한 경지에 들어서 있다.

오감을 넘어 육감까지 크게 확장되어 장터의 모든 소리와 냄새, 사람들의 움직임까지 전부 잡아낼 수 있었다.

장터를 지나 계속해서 걸어가면 민가가 나오고, 거기를 지나가면 큰 대로와 함께 귀족들의 저택이 즐비한 동네가 모습을 드러낸다.

황금의 백작은 바로 거기에 가장 큰 저택을 성처럼 지어 놓고 산다.

물론 전쟁이 일었을 때, 그랑로드를 무적기사단에게 점거당하면서 황금의 백작은 죽어버리지만.

"꽃 사세요~! 예쁜 꽃이에요~!"

아르디엔의 귀에 앳된 소녀의 목소리가 들려왔다.

늙수그레한 장사꾼들의 목소리 속에 소녀의 음성이 비집고 들어오니 느낌이 새로웠다.

아르디엔의 시선이 소리가 들린 쪽으로 향했다.

작은 노점을 놓고서 예쁘게 생긴 소녀가 기괴한 꽃들을 팔고 있었다.

"정말 예쁜 꽃들을 단돈 20트랑에 드려요~!"

20트랑이면 간단한 한 끼 식사 정도를 할 수 있는 돈이다.

화분에 담긴 꽃값치고는 비싸지 않았다.

그런데 문제는 소녀가 내뱉는 말과 달리 꽃들의 모습은 정말로 흉측했다.

아르디엔이 소녀에게 다가갔다.

소녀가 활짝 미소 지었다.

"하나 사시겠어요? 20실버에 드려요!"

그런데 소녀의 얼굴이 낯익었다.

분홍빛 머리카락과 눈동자. 백옥처럼 희고 고운 피부. 늘 미소 짓는 아름다운 얼굴. 동글동글한 이목구비.

아르디엔의 전생에 각인된 숱한 사람들의 얼굴 중 하나가 그녀와 겹쳐졌다.

순간 아르디엔의 눈이 크게 떠졌다.

'플라워 마스터 레나 하리아멜.'

분명히 그녀였다.

게다가 그녀가 만들어 놓은 꽃, 형태는 상당히 다르지만 아르디엔이 기억하고 있는 '미라클 플라워'들과 그 그로테스크

함이 상당히 비슷했다.

"이름이 어찌 되지?"

"네? 아, 이 꽃의 이름은 뷰티캣이에요!'

아름다운 고양이라고 하지만, 무섭게 생긴 몬스터 같다. 그리고 무엇보다 아르디엔은 꽃의 이름을 물어본 게 아니다.

"아니, 너 말이야."

"저요?"

"응."

"전… 레나 하리아멜이라고 해요."

역시 맞았다.

그녀는 앞으로 삼 년 후, 자신이 만들어낸 꽃들의 제대로 된 활용법을 알고서 어마어마한 유명인사가 된다.

더불어 레나의 손에서 탄생하는 꽃들은 전부 미라클 플라워라고 불리게 된다.

플라워 마스터라는 칭호도 그 무렵에 얻게 된다.

'플라워 마스터가 과거에는 괴기한 꽃을 파는 괴짜 소녀였다고 하더니.'

정말 그랬다.

레나가 만드는 꽃의 진가는 미관상으로는 전혀 알아볼 수 없다.

애초에 정상적인 사고를 가지고 있는 사람이라면 그 꽃을 집에 두고 싶어 하지도 않는다.

하지만 레나는 자신이 만들어낸 꽃들이 정말 예쁘다고 생각한다.

"왜 이런 꽃을 팔고 있지?"

"예쁘니까요. 그리고 이 꽃 제가 만든 거예요. 대단하죠?"

"어떻게 그 어린 나이로?"

"우리 아빠가 식물 연구가였거든요. 식물의 유전자를 조작하거나 이종 교배를 해서 외형을 바꾸는 건 어렵지 않아요."

"아버지는 어디 계시고?"

"지금은 안 계세요."

"어머니는?"

"절 낳자마자 돌아가셨어요."

레나는 자신의 치부이자 아픔이 될 수도 있을 이야기들을 밝게 웃으며 해주었다.

어떻게든 아르디엔에게 꽃을 팔기 위해서다.

아르디엔이 주머니에서 100트랑짜리 동전 하나를 꺼냈다.

외박하며 쓰라고 준 용돈 중 일부였다.

그것을 레나에게 건네주었다.

"하나 사지."

"어… 근데 저기. 지금 꽃을 하나도 못 팔아서 거스름돈이 없는데요."

"다 받아."

"네? 정말요?"

아르디엔은 화분에 담긴 꽃 하나를 챙기고 100트랑을 레나에게 쥐어주었다.

"정말 다 주시는 거예요?"

"응."

"감사합니다!"

레나가 고개를 꾸벅 숙였다.

"나머지 80트랑은 나중에 찾으러 올게."

"…네?"

"내 이름은 아르디엔. 기억해, 난 지금 80트랑으로 너의 재능을 산 거야. 조만간 그 재능, 나를 위해 사용해야 돼."

레나는 무슨 소린지 몰라 고개를 갸웃거렸다.

아르디엔이 그런 레나에게 희미하게 웃어 보이고서 자리를 떴다.

레나가 인파 속으로 사라지는 아르디엔의 등을 멍하니 바라보았다.

* * *

"정말 특이한 취향이네."

레드가 조금 전까지 아르디엔이 서 있던 자리에 나타났다.

"안녕하세요~ 가면이 잘 어울리는 예쁜 언니! 꽃 사실래요?"

오늘은 어쩐지 느낌이 좋다.

레나는 꽃 하나를 더 팔 수 있을 것 같았다.

레드가 빙긋 웃으며 대답했다.

"안 사, 이딴 거."

멀어지는 레나의 등을 보며 레나가 한숨을 푹 쉬었다.

＊　　　＊　　　＊

아르디엔이 꽃을 감상하며 거리를 걸었다.

레나가 만든 꽃은 그것을 물에 통째로 삶아야 진가를 보인다.

외형은 엉망이지만 꽃이 가지고 있는 효능은 그야말로 어마어마하다.

훗날 그녀가 만든 꽃 중 가장 많이 팔리게 되는 건 '라이프 플라워' 다.

라이프 플라워는 한 송이를 줄기와 뿌리까지 그대로 물에 삶으면 회복 포션과 비슷한 효능을 내는 차가 만들어진다.

바로 이것이 유전자 조작의 무서움이다.

레나 본인은 아직 모르고 있지만, 그녀는 이종교배와 유전자 조작의 천재다.

아르디엔은 그녀가 어떠한 방법으로 유전자를 조작하는지 모른다.

하나, 그녀의 업적만큼은 확실히 기억한다.

훗날 어떻게 해서든 아군으로 포섭해야 하는 중요 인물이다.

그녀는 훌륭한 자금줄이 되어줄 수 있다.

시장터를 지나쳐 민가를 거닐었다.

'슬슬 따돌려 볼까.'

아르디엔이 골목으로 모습을 감췄다.

"어쭈?"

레드가 얼른 그 뒤를 쫓았다.

그런데, 골목으로 들어설 때까지만 해도 느껴지던 아르디엔의 기척이 완전히 사라졌다.

"…어?"

레드가 훌쩍 뛰어올라 골목의 담벼락 위로 올라갔다. 다시 도약해 민가의 지붕에 발을 디뎠다.

그리고 골목을 살폈다.

하지만 아르디엔의 모습은 보이지 않았다.

"이게… 일 복잡해지게 만드네."

대체 어떻게 아르디엔이 자신의 시야에서 벗어난 것인지 알 수가 없었다.

Chapter 06
새로운 시작

아르덴 전기

민가가 끝나는 골목에서 허리가 구부정한 데다가 먼지, 얼룩으로 더러워진 옷을 걸친 꼽추의 중년인이 모습을 드러냈다.

그는 주변을 훑어보더니 서서히 허리를 폈다. 그러자 중년인의 얼굴이 이상하게 꿈틀거리며 훤칠한 미남의 소년으로 돌아왔다.

아르디엔이었다.

하지만 이전의 아르디엔의 얼굴과는 많이 달랐다.

머리카락도 붉은색이 아닌 은발이었다.

체격도 전보다 살짝 건장해져 있었다.

육신의 세포를 조작해 머리카락의 색소를 없애고 골격구조를 변형시켰다. 얼굴 근육을 재배치했으며, 피부도 그에 맞게 조절했다.

마지막으로 입고 있던 옷을 벗어 뒤집어 입었다.

더러웠던 옷이 깔끔해졌다.

골목길을 누비다가 빨랫줄에 걸어놓은 남의 옷을 훔쳐서 안쪽을 더럽힌 다음 뒤집어 입었던 것이다.

누가 봐도 아르디엔이라고 의심할 수 없는 상황이었다.

그를 쫓는 레드의 기척은 이미 사라진 지 오래다.

레드에게서 완벽하게 벗어난 것이다.

아르디엔은 걸음을 바쁘게 해 앞으로 나아갔다.

*   *   *

황금의 백작이 사는 저택은 차라리 성이라고 부르는 게 더 나을 정도였다.

돈이 많은 만큼 어마어마한 규모의 저택을 짓고서 담벼락도 높이 세웠다.

정문 앞에는 풀 플레이트 메일로 완전 무장을 한 기사들이 창을 쥐고 눈을 번뜩이며 경계를 게을리하지 않았다.

아르디엔은 멀리서 그 광경을 지켜보다가 걸음을 옮겼다.

'언젠간 당신의 모든 것을 물려받으러 오겠습니다. …아버지.'

얼굴도 기억나지 않지만 아르디엔은 분명 그의 핏줄을 물려받았다.

황금의 백작은 하멜의 일족인 여인과 결혼해서 아르디엔을 낳았다.

물론 그 사실은 아르디엔이 전생에서 죽음을 맞기 전, 정체 모를 누군가에게 들어 알 수 있었다.

아르디엔이 용의 반점을 어루만졌다.

그러고서는 미련 없이 발을 움직였다.

땅거미가 몰려올 무렵, 아르디엔은 더 이상 그랑로드에 존재치 않았다.

*　　　*　　　*

휘영청 밝은 달이 거리를 비추고 있었다.

그랑로드에서 가장 높은 건물인 페리아스의 신전 첨탑 꼭대기에 누군가가 허탈한 얼굴로 앉아 있었다.

레드였다.

"내가… 놓쳐? 그 애송이를?"

믿을 수가 없었다.

근래 아르디엔이 갑자기 달라졌다는 건 충분히 인지했다.

게다가 믿을 수 없을 정도로 육신의 능력이 발달했다는 것 또한 알고 있었다.

하지만 이렇게도 쉽게 자신을 따돌릴 줄은 몰랐다.

방심했다.

아니, 방심하지 않았다고 한들, 그를 놓치지 않을 수 있었을까?

보름 동안 아르디엔은 그들이 알고 있는 아이가 아니었다.

그에게 무슨 변화가 일어났던 것일까?

상황으로 봐서 그를 찾는다는 건 이제 불가능한 일이다.

자신은 무슨 일이 있어도 내일 다시 라우덴으로 돌아가야 한다.

선생이 자리를 오래 비워두면 다른 아이들에게 해가 된다.

선생들은 학생들이 헤쳐 나가야 할 지옥 같은 스케줄을 잘 소화할 수 있도록 도와야 한다.

"하아."

레드가 붉은 머리카락을 마구 헤집었다.

이제 현실적인 문제가 그녀를 압박했다.

"이걸 뭐라고 해명하지?"

블루와 블랙이 문제가 아니다.

상부에서 알게 되면 그녀는 엄벌을 면치 못할 것이다.

"침착하자. 기껏해야 아이 하나 도망친 거야."

레드는 머리를 굴렸다.

"여행 중에 도망치려 들길래 죽였다고 해버릴까?"

그런 어설픈 거짓말이 블루와 블랙에게 통할 리 없다.

특히나 블랙은 감이 좋다.

차라리 사실대로 말하고서 상부에 거짓 보고를 올려 달라 말하는 게 나을 것이다.

라우덴에서는 극도의 훈련을 견디지 못하고서 죽어 나가는 아이들도 종종 생긴다.

아르디엔을 사망 처리 하면 일은 간단해 진다.

걱정되는 것은 다른 식의 후환이 돌아오는 것이다.

아르디엔이 라우덴의 존재에 대해 여기저기 떠벌리고 다닌다면?

"어쩌면 그게 더 나을지도……."

입을 가볍게 놀리는 순간 아르디엔의 위치가 노출된다.

그러면 누구보다 먼저 레드가 나서서 아르디엔을 잡아오면 그만이다.

"아, 모르겠다."

어차피 저질러진 일이다.

레드는 손가락을 튕겼다. 그러자 그녀의 모습이 첨탑에 원래 존재치 않았던 것처럼 사라졌다.

*　　　*　　　*

아르디엔은 사흘 밤낮을 달리고 걸어 파보츠에 도착했다.

파보츠는 적당히 소박하고 적당히 발달한 도시였다.

지금 아르디엔의 수중에 있는 돈은 400트랑이 전부다.

그 돈은 며칠 먹고 자면 다 사라진다.

하지만 돈이 없다고 살아가지 못할 아르디엔은 아니었다.

라우덴에 있으면서 여러 가지를 배웠다.

숲 속에서의 노숙은 기본이다.

허기는 야생동물을 사냥하거나 채집해서 해결하면 된다.

그러나 하루하루 숨만 쉬기 위해 고아원을 나선 것은 아니다.

아르디엔은 바깥세상에 제대로 정착해야 한다.

돈을 벌고 자신의 집을 가져야 한다.

이후에는 점점 세력을 불리면서 힘이 될 수 있는 인재들을 끌어모아 라우덴을 쳐야 했다.

물론 라우덴의 아이들은 되도록 아군으로 만들고 싶었다.

그들에겐 잘못이 없다.

그저 시키는 대로 따랐을 뿐이다.

라우덴과의 전쟁이 벌어진다면 아이들을 설득하기가 쉽지는 않겠지만, 아르디엔에겐 커다란 무기가 있다.

미래를 안다는 것이다.

그것을 이용해 상황을 잘만 풀어나간다면 불가능한 것도 아니다.

라우덴을 몰락시킨 다음엔, 또 다른 제2, 제3의 라우덴을 찾아내서 없애야 한다.

전생에서 전쟁이 발발했을 당시, 아르디엔은 그랑로드에 투입되면서 자신과 비슷한 환경에서 자라온 강철마법군단을 만났었다.

한마디로 제국은 라우덴에서만 첩자들을 양성한 게 아니다. 다른 고아원에서도 첩자들을 양성하고 있었던 것이다.

그런 곳이 몇 군데나 되는지 아직은 정확히 파악할 수 없었다.

그걸 알려면 제국과 내통하는 귀족들도 잡아야 한다.

그들이 누구인지는 이미 아르디엔의 머릿속에 전부 각인되어 있다.

최후에는 제국을 무너뜨릴 것이다.

아르디엔의 모든 것을 앗아갔던 그 씹어 먹어도 시원찮은 제국을 반드시 지도에서 사라지도록 만들어 버리자는 게 아르디엔의 최종 목표다.

"내가 할 수 있는 일을 찾아보자."

제일 먼저 레나가 떠올랐다.

하지만 지금은 그녀와 무언가를 도모할 수 있는 때가 아니다.

세상은 삭막하다.

조금만 틈을 보이면 가지고 있던 모든 것을 빼앗긴다.

아르디엔은 아직 세상물정에 밝지 못하다.

괜히 어설프게 레나의 재능을 세상에 알리려 들었다가 타인에게 빼앗길지도 모를 일이다.

그러지 않기 위해선 세상을 더 알아야 하고 자기 것을 지킬 수 있는 힘이 필요하다.

세상에서 가장 크게 작용하는 힘은 돈과 권력이다.

그것을 쌓아야 한다.

하지만 처음부터 일확천금을 거머쥘 수는 없는 노릇이다.

그렇다고 시간을 너무 허비할 수도 없는 노릇이다.

아르디엔은 파보츠의 거리를 거닐다가 용병 길드에 들어섰다.

*　　　*　　　*

파보츠의 용병길드 마스터 브람스는 골머리를 앓고 있었다.

얼마 전 들어온 황당한 의뢰 때문이었다.

"에이, 미친년."

의뢰를 던져 놓고 떠난 계집의 낯짝을 떠올리니 절로 욕이 튀어나왔다.

"다트리히 패거리가 이 지역 꽉 잡고 있는 거 알고 있으면서 그런 의뢰를 해?"

다트리히 패거리는 파보츠의 상권을 장악하고 있는 건달 패다.

상권뿐만 아니라 밤업소들도 전부 파보츠가 관리한다.

그런데 이번에 파보츠 마을에 새로 들어온 상인 한 명이 다트리히 패거리에게 된통 당하고서는 녀석들을 처리해 달라는 의뢰를 던졌다.

"아니, 돈을 아무리 많이 주면 뭘해? 누가 하겠냐고, 그런 걸."

다트리히 패거리는 파보츠 마을에 상주하는 귀족과도 손이 닿아 있다.

다달이 일정 금액을 귀족에게 상납하고서 뒤를 봐주도록 부탁하는 것이다.

한마디로 아무도 그들을 건드릴 수 없었다.

"의뢰금으로 얼마를 걸었길래 그럽니까?"

혼잣말을 중얼대던 브람스가 갑자기 들려온 소리에 깜짝

놀라 앞을 바라봤다.

그의 앞엔 열여섯에서 일곱 정도 되어 보이는 소년이 서 있었다.

"너 언제 들어왔냐?"

"조금 전에 들어왔습니다. 혼잣말을 너무 열심히 하고 있어서 말을 걸 수가 없었습니다."

"나도 갈 때가 다 됐군."

브람스가 훤히 벗겨진 대머리를 벅벅 문질렀다.

"근데 너 누구냐? 이 동네에서 본 적 없는 얼굴인데."

"아렌입니다."

아르디엔은 가명을 사용했다.

본명을 함부로 말하고 다녔다가는 꼬리가 잡힐지도 모르기 때문이다.

사실 가명이라기보다는 애칭이라고 하는 게 더 맞을 것이다.

하지만 아르디엔은 애칭과는 거리가 먼 삶을 살아왔다.

고아원에서는 누구도 그에게 애칭을 부르며 접근할 만큼 가깝게 지내는 이가 없었다.

그래서 스스로 애칭을 만들어 처음으로 사용하게 되었다.

"아렌? 어디서 왔어?"

"그랑로드에서 왔습니다."

"멀리서도 왔네. 그런데 용병길드엔 왜?"

"일거리가 필요합니다."

"검은 좀 쓰냐?"

"다루지 못하는 무기가 없습니다."

라우덴에서는 아이들에게 모든 무기의 사용법에 대해서 가르쳤다.

"그래? 용병일 해본 적은?"

"정식으로 하는 건 이번이 처음입니다."

"처음이라… 그럼 쉬운 일로……."

"조금 전에 누군가 거금을 주고 의뢰를 맡겼다고 하지 않았습니까?"

"그랬지. 근데 그건 아예 의뢰 목록에 넣어두지도 않았어. 선금으로 맡긴 돈도 돌려줄 거야. 이거 잘못하다간 의뢰 맡긴 사람은 물론이고 우리 길드까지 작살나."

"제가 하겠습니다."

"돌겠네. 아직 창창한 나이에 모가지 잘리고 싶어?"

"그럴 일 없을 겁니다."

아르디엔이 너무 당당하게 나오자 브람스는 황당했다.

그가 아르디엔은 가만히 살펴보았다.

'덩치는 제법 있고 강단도 있고… 실력도 나름 자신 있으니 저런 말을 하는 것 같은데… 살짝 정신이 나간 것 같아 보

인단 말이야.'

순간 브람스의 머리에 좋은 생각이 떠올랐다.

그는 상인이 맡기고 간 선수금을 모조리 아르디엔에게 건네줬다.

"그 돈 가지고 장터에 있는 레인보우 펍을 찾아가. 그리고 거기 주인장 아로아랑 얘기해. 네가 의뢰를 맡겠다고."

"그러면 됩니까?"

"그래, 빨리 나가봐. 훠이, 훠이."

"알겠습니다. 그런데 의뢰를 맡았으면 계약서를 작성해야 하는 것 아닙니까?"

"그냥 가도 된다니까."

"알겠습니다."

아르디엔이 선수금을 들고 나자가 브람스는 통쾌하게 웃어젖혔다.

"크하하하! 해결됐다, 해결됐어. 아이고, 속 시원해."

웬 정신 나간 놈 덕분에 앓던 이가 쏙 빠져 버린 기분이다.

만약 아르디엔이 돈을 들고튀면, 브람스는 아로아에게 용병이 사기를 쳤다고 하면 된다.

계약서를 보여 달라고 하면 대충 가짜로 끄적거린 걸 내밀면 끝이다.

혹, 아르디엔이 정말 아로아를 찾아가서 용병길드에 의뢰를 받아 찾아왔다고 해도 문제가 되지 않는다.

　디트리히 일당이 정말 그런 의뢰를 맡았느냐 따진다면 그런 적 없다고 잡아떼면 그만이다.

　어차피 그 의뢰는 단 한 번도 의뢰목록에 올려놓은 적이 없다.

　계약서도 작성하지 않았으니 말이다.

　"아~ 이제 배가 고프네. 밥이나 먹을까? 근데 뭘 사먹어야 하나. 이 동네엔 확 당기는 음식이 없어서, 원."

　아로아는 화가 잔뜩 나 있었다.

　"세상에 이런 작은 도시에도 그런 깡패 같은 놈들이 판을 치고 있단 말야?"

　게다가 더 화나는 건 치안 경비대도, 도시를 관리하는 귀족들도 그 깡패 집단을 나 몰라라 한다는 것이다.

　결국 아로아가 믿을 곳은 용병 길드밖에 없었다.

　그녀는 일 년 동안 장사가 안 되더라도 버티기 위해 쥐고 있던 목돈 중 절반을 뚝 뗐다. 그중 반을 용병길드에 의뢰 선수금으로 내주었다.

　나머지 반은 의뢰가 완수되면 지급하기로 했다.

　"일은 확실히 해주겠지? …그 대머리, 어쩐지 귀찮은 표정이었는데."

조금 불안했지만 별수없었다.

이제는 믿어야 한다.

돈이 아깝진 않았다.

어차피 이대로 있다간 깡패 놈들한테 다 털릴 판이었다.

다른 마을에서 이주해 왔으니 자릿세로 10만 트랑을 내놓으라니?

그녀가 쥐고 있는 돈이 딱 24만 트랑이다. 그게 장사가 안되더라도 1년을 버틸 돈이다. 그마저도 아끼고 아껴가며 써야 적자를 안 내고 예정된 돈만 까먹을 수 있다.

그런데 10만 트랑을 가져가 버리면 남는 건 14만 트랑이다. 그걸로는 일곱 달밖에 못 버틴다. 하지만 그 깡패 놈들은 터를 잡는 돈으로만 10만 트랑을 요구한 것이고 다달이 상납금을 받으러 올 게 뻔하다.

그리되면 채 다섯 달도 못 버티고 가게문을 닫아야 한다.

전부터 장사가 잘되던 가게라면 또 모르겠다.

하지만 그녀는 이 마을에 처음 왔고, 장사도 처음이다.

"똥 피하려다가 똥통에 빠진 격이네."

아로아에게도 고향은 있다.

어디에서 태어났는지는 모른다. 하지만 자라난 곳은 있었다.

고아였던 그녀는 어렸을 적부터 예쁜 미모로 부모 대신 고아원을 찾는 많은 사람들에게 사랑받았다.

그런데 그 미모가 결국 해가 되었다.

그녀의 동네를 주름잡던 주먹패의 우두머리가 사랑 고백을 해온 것이다.

아무리 떼어내려 해도 막무가내였다.

결국 그 녀석을 피해 멀리 떨어진 다른 동네까지 와서 식사와 음주가 가능한 작은 펍을 차렸다.

열심히 일하며 안 입고 안 쓰며 모아온 돈이 제법 있었기에 펍을 차리는 건 문제가 아니었다.

게다가 파보츠는 건물값도 쌌다.

한데 이놈의 깡패들이 또 아로아의 인생에 끼어들었다.

"하아."

절로 한숨이 나왔다.

그때 문이 열렸다. 길게 기른 은발과 청색 눈동자가 인상적인 소년이 들어섰다. 얼굴은 시원시원하게 잘생겼다. 게다가 아름다워 보이기까지 한다.

말로만 듣던 조각미남, 꽃미남이다.

아로아가 밝게 웃으며 소년을 맞이했다.

"어서오세요~ 식사하러 오셨나요?"

소년, 아르디엔은 고개를 끄덕였다.

안 그래도 배가 조금 고팠다. 끼니를 들면서 일에 대한 이야기를 해도 괜찮을 것 같았다.

"지금 오픈한 지 얼마 안 돼서 닭구이밖에 안 되는데."

"그걸로 주시죠."

"알았어요~! 아, 우리가게는 선불이에요. 40트랑 되겠습니다!"

아르디엔은 40트랑을 꺼내 아로아에게 건네주었다.

주방으로 들어간 아로아가 잠시 후, 닭구이를 내왔다.

아르디엔이 다리를 뜯어 크게 입에 넣었다.

아로아가 기대하는 얼굴로 아르디엔의 반응을 살폈다.

고기를 씹어 넘긴 아르디엔이 고개를 미세하게 끄덕였다.

"어때요? 맛있어요?"

"맛있어요, 상당히."

"그래요?"

"네, 요리를 배웠습니까?"

"그런 건 아닌데. 고아원에 있을 때, 많이 해봤어요. 다들 맛있다고 잘 먹어주기도 했구요."

고아원.

그 말이 아르디엔의 귀에 콱 박혔다.

아르디엔은 여태껏 고아원에 있다가 탈출했다.

그리고 아로아도 고아원 출신이다.

물론 아르디엔이 있던 고아원은 일반적인 곳과 상당히 달랐지만.

"돈 받을 가치가 충분한 음식이에요."

"정말요?"

"네."

아르디엔의 육신은 극의를 보고 나서 모든 감각이 극도로 예민하게 깨어 있다.

아르디엔의 미각은 하나의 음식을 입에 넣을 때, 그 안에서 느낄 수 있는 모든 맛들을 정확히 잡아냈다.

아로아의 닭구이에서는 짠맛과 단맛이 아주 적절하게 배합되어 있었다.

고기 특유의 비린내는 전혀 나지 않았다. 대신 과하지 않은 향신료가 후각을 만족시키며 요리를 더욱 맛있게 즐길 수 있도록 해주었다.

닭의 익힘 정도와 적당히 남아 있는 기름기, 그리고 육즙도 최고였다.

물론 단순히 미각이 뛰어난 것 하나만으로 이런 사실을 다 파악할 수는 없다.

아르디엔은 전생에 라우덴에서 지내던 시절, 엄청난 독서광이었다.

그도 그럴 것이 친구가 없으니 자연히 책을 붙잡는 시간이 늘어날 수밖에 없었다.

라하트마의 자서전은 수백 번을 읽었고 다른 책들도 모두 두세 번씩은 읽었다.

게다가 용의 반점이 있는 아르디엔의 기억력은 초인적이다.

한 번 본 것은 잊어버리질 않는다.

그래서 아르디엔의 머릿속엔 잡다한 지식이 한가득 쌓여 있었다.

거기엔 요리에 관한 지식도 존재했다.

닭을 구워서 요리할 때 어떻게 해야 최상의 맛을 끌어낼 수 있는지 아르디엔은 잘 안다.

아로아가 개인적으로 아는 사람이었다면 동업을 제안하고 싶을 정도였다. 하지만 두 사람은 그저 의뢰인과 용병의 관계다.

물론 아로아는 그것조차 모르고 있었다.

아르디엔이 닭구이의 남은 다리 하나를 더 뜯었다. 그리고 입으로 가져가는데,

쾅!

문이 거칠게 열렸다.

그리고 엄청난 거구의 근육질 사내 두 명이 안으로 들어섰다.

"이것 봐라? 자릿세 내라 그랬더니 손님을 받고 있네?"

"아무래도 혼쭐을 내줘야 할 것 같은데요, 형님."

어제 아로아에게 10만 트랑을 내라고 협박했던 디트리히 패거리의 행동대장 잭과 그의 오른팔 다니엘이었다.

아로아가 관자놀이를 문질렀다.

"하아, 오라는 용병은 안 오고."

"용병? 용병길드에 의뢰라도 했나 보지?"

"그래! 내가 너희 같은 깡패들한테 내 피 같은 돈을 그냥 내줄 것 같아?"

잭이 콧방귀를 꼈다.

"어차피 내주게 될 거야. 그런데… 이 녀석은 눈치없게 계속 식사질이네?"

"눈치가 없으면 있게 해줘야지요, 형님."

다니엘이 아르디엔의 테이블을 발로 걷어찼다.

우당탕!

테이블이 넘어가며 그 위에 놓여 있던 닭구이가 바닥을 굴렀다.

아직 다리 두 개밖에 뜯어먹지 않았다.

몸통은 고스란히 남아 있었는데, 더 이상 먹지 못하게 됐다.

"손님한테 무슨 짓이에요!"

아로아가 눈에 쌍심지를 켰다.

깡패들이 무섭지도 않은지 얼굴을 바짝 들이밀고 소리쳤
다.

결국 그게 화가 됐다.

"근데 보자 보자 하니까 이 쌍년이!"

잭이 더 참지 못하고서 솥뚜껑 같은 손을 쫙 펴서 휘둘렀
다.

아로아가 눈을 질끈 감았다.

그런데 그녀의 뺨에 전해지는 고통이 없었다.

"……?"

감았던 눈을 천천히 떴다.

그녀의 앞엔 아르디엔이 잭의 손목을 잡고 서 있었다.

Chapter 07
광속의 기사

"말도 안 돼. 정말 도망간 거야?"

라우덴은 아르디엔의 탈주 이후 시끌벅적했다.

그가 사라진 지 사흘이나 지났지만 아무도 그 사실을 인정하려 들지 않았다.

특히 그랑로드의 아이들이 받는 충격은 더욱 셌다.

아직 데젤은 시국을 살피고 있지만 아르디엔이 정말 탈주했다는 게 확실해지면 언제라도 그랑로드를 밟아 누를 기세였다.

그랑로드의 서열 2위 바르타인의 뇌리에 아르디엔과 마지막으로 함께했던 아침식사가 떠올랐다.

아르디엔은 그 자리에서 필요 이상의 말을 줄줄 늘어놓았다.

"그래서 그때……."

바르타인이 저도 모르게 말라스를 바라봤다.

말라스는 뭔가 결심한 얼굴로 고개를 끄덕였다. 바르타인도 마주 고개를 끄덕였다.

지금의 이 생활을 빼앗기지 않으려면 강해져야 한다. 강해지려면 아르디엔이 일러준 대로 훈련해야 한다.

하루 중 유일하게 편히 쉴 수 있는 자유시간.

휴게실에서 쉬던 바르타인과 말라스는 연무장으로 뛰쳐나갔다.

*　　　*　　　*

레드가 가슴을 쓸어내렸다.

"하아, 고마워. 사망 처리 해줘서."

"어쩌다 그런 실수를 한 거야?"

블루가 핀잔을 놓았다.

"방심했나 봐. 설마 날 따돌리고 도망칠 줄은 몰랐어."

"왜 도망쳤을까?"

"고아원 생활이 질렸나 보지."

두 사람의 대화에 블랙이 끼어들었다.

"두 번 다시 이런 실수를 해서는 안 돼."

노기 어린 블랙의 음성에 블루와 레드는 입을 다물었다.

지금 그를 잘못 건드렸다간 단숨에 다진 고기가 되어 버릴
지도 모른다.

"레드, 책임을 통감하겠지?"

"…응."

"상부에는 아르디엔이 훈련 중 사망한 것으로 보고했다.
하지만 그것으로는 부족해. 정말로 녀석이 사망해야 돼. 빠를
수록 좋겠지."

아르디엔을 어떻게든 찾아내서 숨통을 끊으라는 뜻이다.

하지만 그게 말이 쉽지, 간단한 일이 아니다.

레드는 라우덴에서 하루 종일 자신에게 주어진 일과를 소
화해야 한다. 결국 아르디엔을 찾으려면 잠잘 시간을 쪼개서
움직여야 한다.

레드의 특기는 텔레포트이니 먼 도시를 왔다 갔다 하는 건
문제가 안 된다. 그러나 단지 도시를 오가는 건 아르디엔을
찾는 데 아무런 도움이 되지 않는다.

아르디엔이 어디서 뭘 하는지 알기 위해서는 수소문을 해
야 한다.

그 작업에 시간을 많이 빼앗긴다.

하루에 잠이나 제대로 잘 수 있을지 모를 일이다.

레드의 기분이 급격히 더러워졌다.

"하여튼 아르디엔 이 자식. 잡히기만 하면 모가지를 부러뜨리겠어."

*　　　*　　　*

빠각!

"아악!"

잭의 손목이 부러졌다.

뒤로 황급히 물러나는 잭의 멱을 아르디엔이 잡아채서 당겼다.

거무의 덩치가 자기보다 머리 하나는 작은 아르디엔에게 끌려왔다.

빽!

"억!"

아르디엔의 주먹이 오른쪽 턱을 가격했다.

잭의 머리가 휙 돌아갔다. 턱뼈가 부서져 턱이 덜렁거렸다.

비틀. 털썩.

다리에 힘이 풀린 잭이 무릎을 꿇었다.

그런 잭의 명치에 아르디엔의 주먹이 꽂혔다.

빡!

"끄으……"

잭이 흰자를 내보이며 기절했다.

그에 다니엘이 놀라 아르디엔을 쳐다봤다.

"이 새끼!"

다니엘은 허리에 차고 있던 롱소드를 꺼내 들었다.

위협용이 아니다.

정말로 사람을 숱하게 뺐던 검이다.

검을 쥐는 자세가 기본은 조금 배운 모양이다.

하지만 그게 전부였다.

아르디엔에게 약간의 위협도 될 수 없었다. 애초에 태양과
반딧불의 싸움이다. 반딧불이 칼을 들고 태양에게 달려들면
근처에 닿기도 전에 타죽어 버린다.

다니엘도 마찬가지였다.

"합!"

다니엘이 기합과 함께 롱소드를 휘둘렀다.

아르디엔은 몸을 틀어 그것을 피했다. 그리고 손을 빠르게
놀렸다.

타탁!

아르디엔의 손날이 검을 든 손등과 손목을 가격했다.

"악!"

다니엘은 가격당한 곳의 뼈가 모조리 부러지는 것을 느꼈다. 손에서 힘이 빠졌다. 검손잡이를 놓쳤다.

탁. 턱.

아르디엔이 바닥으로 떨어지는 롱소드를 발끝으로 올려 찼다. 그리고 손에 쥐었다.

"히익!"

다니엘이 숨넘어갈 듯 놀라서 뒤로 물러났다.

하지만 앞으로 성큼 다가온 아르디엔이 검을 휘둘렀다.

서걱!

"악!"

다니엘의 오른쪽 귀가 통째로 떨어져 나갔다.

잘린 부위에서 붉은 피가 철철 흘러내렸다.

서걱!

"으악!"

반대쪽 귀도 떨어졌다.

서걱!

"아아아악!"

가슴에서 배로 이어지는 대각선의 창상이 생겼다.

턱.

순식간에 피범벅이 되어버린 다니엘의 목에 롱소드의 날
이 닿았다.

"이대로 휘두르면 죽어."

아르디엔이 말했다.

다니엘의 눈에 지독한 공포가 어렸다.

사람을 베는 데 일말의 망설임도 없었다.

이놈은… 진짜다.

정말로 한다면 하는 놈이다.

"너희가 디트리히 패거리냐?"

다니엘이 말도 제대로 못 꺼내고 고개를 끄덕였다.

아르디엔이 기절한 잭의 옆구리를 걷어찼다.

퍽!

"크헉!"

잭이 비명을 지르며 눈을 떴다.

잠시 혼란스러워하던 그가 아르디엔의 얼굴을 확인하고서
는 냅다 호통쳤다.

"이, 이 새끼! 내가 누군지 알아? 스콜피언의 불곰 잭이야!"

"네놈들 깡패놀이 하는 집단 이름이 스콜피언이냐?"

"이 미친놈이 끝까지!"

아르디엔이 손가락으로 옆을 가리켰다.

잭이 시선을 돌렸다. 그리고 입이 쩍 벌어졌다. 그곳엔 귀가 잘리고 가슴에 큰 상처를 입은 채 피를 줄줄 흘리는 다니엘이 보였다.

"너도 저렇게 만들어 줄까?"

잭이 고개를 절레절레 저었다.

"일어나. 디트리히가 있는 곳으로 안내해."

잭과 다니엘이 겨우 몸을 일으켜 가게 밖으로 나갔다. 아르디엔이 그들을 따라 나서려는데, 아로아가 물었다.

"잠깐만요!"

"네?"

"디트리히 패거리랑 원한이라도 있나요?"

"아니오."

"…그럼 왜요? 그냥 절 도와주실 리는 없고."

"의뢰받고 왔으니까요."

"의뢰……?"

아로아의 얼굴이 그제야 환해졌다.

"그럼 당신이……!"

"용병입니다. 의뢰 완수하고 오면 잔금 지급 바랍니다."

아르디엔이 가게를 나섰다.

굳게 닫힌 문에서 아로아의 시선이 쉽게 떠나질 못했다.

*   *   *

파보츠의 거리는 **빽빽**하게 몰려든 사람들로 인해 북적였다.

그도 그럴 것이 참 기이한 장면이 연출되고 있었기 때문이다.

아르디엔은 어디서 구한 밧줄로 잭과 다니엘을 포박해서 엮었다. 그리고 둘을 앞세운 뒤, 자기는 말을 모는 마부처럼 밧줄을 한 손에 쥔 채 뒤따르는 중이었다.

구경꾼들 중에는 일반 시민만 있는 게 아니었다.

"어? 형님들! 이게 무슨 꼴입니까?"

구경꾼들 사이에서 세 사람이 튀어나왔다.

녀석들도 스콜피언의 조직원이었다.

아르디엔이 발을 놀려 잭과 다니엘의 다리 관절을 찼다.

퍼퍼퍼퍽!

"악!"

"큭!"

두 녀석이 그대로 허물어져 무릎을 꿇었다.

"혀, 형님!"

"뭐야, 이 미친 새끼는!"

건달 셋이 눈을 부라리며 아르디엔에게 다가왔다.

아르디엔이 픽 웃고서 주먹을 휘둘렀다.

픽!

선두에 있던 녀석이 복부를 얻어맞고서 하늘 높이 붕 떠올랐다. 그리고 다시 떨어져 내리는 순간, 아르디엔이 몸을 휙 돌렸다. 회전하는 몸을 따라 발을 뻗었다. 아르디엔의 뒤꿈치가 떨어져 내리는 건달의 턱을 후렸다.

뻑!

추락하던 건달은 멀리 날아가 땅바닥에 물수제비처럼 몇 번을 튕기고 나서 기절했다.

순식간에 벌어진 상황에 다른 건달 둘이 멍해졌다.

아르디엔이 놈들 중 한 놈의 명치를 쳤다.

"컥!"

녀석이 괴로워하는 사이 다른 녀석의 양팔을 잡고서 발로 복부를 쭉 밀었다.

우우둑! 두둑!

"악!"

양팔의 뼈가 쉽게 빠졌다.

아르디엔은 그 상태에서 놈의 팔뼈를 조각냈다. 아르디엔의 손이 닿는 곳마다 뼈는 가루가 되어 부서졌다.

"끄아악!"

흐물거리는 팔을 놓아두고 이번엔 다리를 마구 걸어찼다.

두두둑! 두둑!

"컥……."

다리뼈까지 가루가 된 녀석이 축 처져서 기절했다.

두 놈을 처리한 뒤, 좀 전에 명치를 때렸던 녀석에게 다가 갔다.

그리고 한 손으로 목을 잡아 들어 올렸다.

"끄에엑……!"

아르디엔은 녀석의 뺨을 후렸다.

짝짝짝짝짝!

놈의 얼굴이 붉게 물들다 못해 껍질이 터져 피가 흘렀다.

입안에서는 치아가 우수수 튀어나왔다.

한참 동안 뺨을 얻어맞다가 결국 놈은 기절했다.

아르디엔이 건달을 짐짝처럼 대로변에다 던졌다.

그리고 다시 밧줄을 잡았다.

"가던 길 마저 가자."

"……."

"……."

잭과 다니엘은 아무 말도 못하고서 걸음을 옮겼다.

"와, 멋지다! 우리 엄마 아빠 괴롭히는 나쁜 놈들 혼내줘서 고마워요, 형! 진짜 최고예요!"

아르디엔의 뒤에서 사내아이가 소리쳤다.

그러자 다른 사람들도 일제히 환호성을 내질렀다.

그동안 스콜피언 무리들에게 당했던 울분이 한 번에 터져
나왔다.

* * *

스콜피언의 아지트는 파보츠 외곽에 있었다.

쇠로 만들어진 거대한 창고 건물이 그들의 아지트였다.

건물 입구에는 두 명의 건달이 경계를 서고 있었다.

아르디엔이 잭과 다니엘을 앞세워 문 앞으로 다가갔다.

건달들은 엉망이 된 잭, 다니엘의 몰골을 보자 눈이 휘둥그
레졌다.

"혀, 형님, 이게 무슨 꼴입니까?"

대답이 들려올 새가 없었다.

아르디엔의 주먹이 튀어 나갔다.

퍼퍽!

턱을 정통으로 후드려 맞은 건달 둘이 힘없이 허물어졌다.

이어 아르디엔이 잠겨 있는 철문을 발로 밀어 찼다.

쾅!

어마어마한 소리와 함께 육중한 철문이 그대로 떨어져 나
갔다.

쿠콰앙!

철문이 바닥과 충돌하며 먼지가 자욱하게 일었다.

아르디엔은 잭과 다니엘을 건물 안으로 집어 던졌다.

"우와아악!"

비명을 지르며 날아간 두 놈이 바닥에 충돌했다.

콰당!

그에 아지트에 있던 모든 이들의 시선이 아르디엔에게 주목되었다.

아르디엔은 아지트에 들어서며 물었다.

"누가 디트리히냐."

"허? 누가 디트리히냐?"

가구라고는 없이 휑한 공간에서 홀로 의자에 앉아 있던 사내가 피식 웃었다.

왼쪽 뺨에 기다란 상흔이 위협적으로 보이는 사나운 인상의 사내, 그가 디트리히였다.

"넌 뭐냐?"

"용병이다."

"용병 나부랭이가 왜 날 찾아왔을까?"

"의뢰를 받았거든. 디트리히 패거리를 없애 달라고."

그 말에 디트리히의 시선이 잭을 향했다.

"그 계집년이 의뢰한 모양이지? 너 요새 일 똑바로 처리 못한다?"

"죄, 죄송합니다!"

잭이 포박당한 상태에서도 고개를 꾸벅 숙이며 바들바들 떨었다.

"용병길드도 이참에 손 좀 봐야겠군. 브람스 그 개자식이 이따위 의뢰를 받아들여?"

디트리히가 단어 하나하나를 씹어뱉었다. 그가 다시 아르디엔을 바라봤다.

"아직 스물도 안 되어 보이는데… 잭이랑 다니엘을 이 꼴로 만들었다? 재미있네. 이름이 뭐냐?"

"곧 죽을 놈한테 알려줄 이름 같은 거 없어."

"하하하하! 강단도 제법이네? 너, 나랑 일해볼 생각 없냐?"

"헛바닥 놀려서 우두머리 됐나?"

아드리엔의 도발에 디트리히가 미간을 와락 구겼다.

"그냥 미친놈이었군. 죽여."

디트리히의 명령에 아지트에 있던 건달들이 아르디엔에게 다가왔다. 그 수가 대략 쉰 정도 되었다.

아르디엔이 오러를 불의 기운으로 치환시켰다. 그것을 주먹으로 옮겼다. 아르디엔의 두 주먹에 붉은 오러가 맺혔다.

그에 아르디엔에게 다가오던 건달들이 일순 멈칫했다.

디트리히가 눈을 크게 떴다.

"오러?"

건달들이 일제히 롱소드를 꺼내 들었다.

하지만 섣불리 달려들진 못했다. 그래서 아르디엔이 먼저 움직였다.

앗! 하는 사이 건달 두 명이 아르디엔의 주먹에 맞아 바닥을 굴렀다.

"으아악!"

"뜨, 뜨거워!"

아르디엔에게 당한 부위가 심한 화상을 입었다.

"우물쭈물하지 말고 조지라고!"

디트리히가 노호성을 터뜨렸다.

"이야아아압!"

건달들이 일제히 아르디엔에게 다가와 롱소드를 휘둘렀다.

그 안에서 아르디엔은 바람처럼 움직이며 번개처럼 주먹을 날렸다.

퍼퍼퍼퍼퍽!

"끄악!"

"악!"

열댓 명의 건달이 그냥 넘어갔다.

그중 셋은 머리가 터져 절명했다.

나머지 일곱도 뼈가 작살이 나거나 얼굴에 심한 화상을 입었다.

내장이 터진 놈도 있었다.

하나같이 당장 치료받지 않으면 앞으로 일상생활을 하기 힘들 정도로 다쳤다.

디트리히가 이를 빠득 갈았다.

'케이아스는 언제 오는 거야?'

케이아스는 디트리히가 가장 믿고 있는 수하다.

그는 스콜피언의 조직원들 내에서 유일하게 오러를 구사할 수 있는 인물이다.

그래서 건달들이 아르디엔의 주먹에 어린 오러를 알아볼 수 있었던 것이다.

케이아스는 실력으로만 따지면 디트리히보다 위다.

사실 스콜피언이 파보츠의 뒷세계를 꽉 잡을 수 있었던 것도 케이아스의 공이 컸다.

케이아스는 어릴 적 디트리히가 거두어 준 아이다.

때문에 케이아스의 명령이라면 무엇이든 따른다.

한데 케이아스에겐 두 가지 문제가 있었다.

첫째로 말을 잘 듣긴 하지만 뒷세계의 일을 하는 걸 못마땅해한다. 그의 꿈은 멋진 기사지, 이런 게 아니라는 말을 버릇처럼 달고 산다.

두 번째 문제는 밥 때는 꼭 맛있는 것을 먹고 돌아온다는 것이다.

지금은 케이아스의 식사시간이다.

'이제 돌아올 때가 됐는데!'

아르디엔은 디트리히가 절대 이길 수 없었다.

믿을 건 케이아스밖에 없었다.

벌써 조직원의 대부분이 흉측한 몰골로 바닥에 드러누웠다.

디트리히의 눈앞에 목이 꺾여 축 쳐진 자신의 모습이 환상처럼 겹쳐졌다.

그때, 기다리던 사람이 아지트로 들어섰다.

케이아스였다.

"이게 무슨 난리래?"

디트리히가 후다닥 케이아스의 곁으로 다가갔다.

"자, 잘 왔다. 케이아스! 지금 저놈이 우리 애들을 다 죽여 놓고 있어!"

케이아스가 아르디엔을 바라봤다.

"무기도 없이 주먹 하나로 이렇게 만든 거야? 대단하네."

아르디엔도 케이아스를 바라봤다.

파란색의 머리카락과 눈동자가 시원시원한 이목구비에 잘 어울리는 미남자였다.

나이는 약관 정도 되었을까?

한데… 그의 얼굴 역시 아르디엔의 기억 속에 존재했다.

'케이아스… 광속의 기사!'

그는 훗날 그라함 왕국과 가르테아 제국의 싸움에서 광속의 기사라 칭해지며 엄청난 활약을 벌이게 되는 케이아스였다.

비록 그라함 왕국이 가르테아 제국에게 패하면서 그 역시도 죽음을 맞게 되지만, 일방적으로 밀리기만 하던 그라함 왕국에게 몇 번의 승리를 안겨준 대단한 실력자다.

하지만 그의 과거에 대해서는 아는 이들이 아무도 없었다.

한데 이런 곳에서 건달들과 한솥밥을 먹고 있을 줄이야.

아르디엔의 입가에 미소가 드리워졌다.

'널 데려가겠다, 케이아스.'

Chapter 08
잠룡의 시대

잠룡의 시대라 불리던 때가 있었다.

따로 웨이크닝 에이지라 칭하기도 한다.

그라함 왕국엔 어느 순간부터 훌륭한 인재와 이름을 드높이는 영웅들이 속속 등장한다.

그런데 그들의 과거에 대해서는 하나같이 알 수가 없었다.

다들 과거에 대해 말하기를 꺼려했기 때문이다.

간혹 영웅들의 과거사를 안다는 사람들이 이런저런 풍문을 흘리고 다녔지만, 그것은 그저 루머로 치부되었다.

케이아스 역시 과거에는 어느 작은 도시에서 건달 행세를 하고 다녔었다는 얘기가 잠깐 돌았다.

그러나 본인이 이를 부정하며 사그라졌다.

한데 그것이 진짜였다.

아울러 아르디엔이 전생의 죽음에서 되살아난 지금이 바로 잠룡의 시대, 웨이크닝 에이지다.

그라함 왕국의 인재들이 일찍부터 빛을 발했더라면,

라우덴과 같은 고아원의 정체가 드러나 미리 무너졌더라면,

그랬다면 그라함 왕국이 사라지는 비극은 오지 않았을 것이다.

"그래서? 쟤를 막아달라고?"

케이아스가 아르디엔을 가리켰다.

"그걸 물어봐야 알겠냐? 상황파악 안 돼?"

"그러지 뭐."

스릉.

케이아스의 등에 걸린 두 자루의 검이 검집을 빠져나왔다.

"죽이지는 않을 거야."

"죽여! 저런 녀석은 죽여야 후환이 없다!"

"싫어. 난 나중에 기사가 될 거야. 지금은 두목한테 진 빚이 있으니까 어쩔 수 없이 말을 듣는 거지만… 의미없는 살인은 원치 않아."

"저 녀석은 우리 형제를 열이나 죽였어!"

"언젠가 이런 일이 생길지도 모른다는 거 각오하고 시작한 깡패짓이잖아?"

"넌 정도 없냐!"

"내가 이 깡패 집단에서 그나마 애정을 갖고 있는 건 두목밖에 없어. 저 인간들이 살아오면서 사람들한테 어떤 짓을 했는지 이 두 눈으로 똑똑 보고 자랐는데 어떻게 정을 가져? 그리고… 이제 슬슬 떠나려고 했어."

"떠나려 했다니?"

"이런 생활 그만두고 싶어. 마음에도 없는 짓 하는 거 힘들어."

"케이아스! 네 이놈!"

짝!

디트리히가 케이아스의 뺨을 때렸다.

케이아스가 쓴웃음을 머금었다.

"더 때려도 돼. 하지만 난 정말로 떠나."

"이익!"

디트리히의 부릅떠진 눈에 핏발이 섰다.

"알았어. 죽여줄게, 저 사람. 이게 스콜피온에서 내가 마지막으로 하는 일이 될 거야."

케이아스의 쌍검에 푸른빛의 오러가 어렸다.

오러는 빛의 진하기로 그 수준을 가늠할 수 있다.

쌍검을 감싼 오러의 빛은 아직 연했다.

아직 초보 수준이라는 것이다.

아르디엔도 바닥에 굴러다니는 검 한 자루를 들었다.

그의 검에 뇌전이 일었다.

"어? 마법사?"

"아니."

"근데 어떻게……."

"날 이긴다면 알려주지."

아르디엔은 오러를 뇌전의 기운으로 치환시켜 검에 실은 것이다.

케이아스가 자세를 잡았다. 아르디엔은 검을 들고 편하게 서 있었다. 싸울 마음이 전혀 없는 사람 같았다. 하지만 케이 아스는 그런 아르디엔의 자세에서 빈틈을 찾을 수가 없었다.

'고수.'

이기기 힘들다라는 예감이 뇌리에 스쳤다.

그 순간 아르디엔이 움직였다.

케이아스가 순간적으로 쌍검을 엑스자로 교차했다.

카앙! 치직! 치지직!

질풍처럼 케이아스의 앞으로 다가온 아르디엔이 검을 세로로 내려친 것이다.

'보이지 않았어.'

케이아스는 아르디엔의 움직임을 잡지 못했다.

검사들의 싸움에서 상대를 포착하지 못한다는 건 이미 승부가 난 싸움이라고 할 수 있다.

아르디엔의 무릎이 비어 있는 케이아스의 복부를 강타했다.

퍽!

"큭!"

케이아스가 허리를 구부리며 뒤로 물러나며 쌍검을 휘둘렀다.

쉭!

아르디엔의 검이 현란하게 움직이며 쌍검을 모두 막아냈다.

그는 다시 케이아스의 품 안으로 파고들었다.

지직!

뇌전을 뿌리는 검이 케이아스의 목을 가르려 했다.

카앙!

가까스로 이를 막은 케이아스. 하지만 아르디엔의 무지막지한 힘을 견디지 못하고 옆으로 몸을 굴렀다.

케이아스가 재빨리 일어섰다.

하지만 아르디엔의 검끝이 그의 미간을 노리고 있었다.

그대로 아르디엔이 검을 밀어 넣으면 케이아스는 피할 방도가 없었다.

졌다.

케이아스가 디트리히에게 말했다.

"미안, 두목. 져 버린 것 같아."

"이런 멍청한!"

디트리히가 공포와 분노에 사로잡혀 얼굴을 파르르 떨었다.

반면 케이아스는 다 체념한 얼굴로 피식 웃었다.

"인과응보라는 거야. 나쁜 짓만 하고 살았는데 기사가 될 기회 같은 거 찾아올 리 없지. 이게 맞아."

케이아스가 쌍검을 검집에 꽂아 넣었다.

"죽여도 돼."

아르디엔이 말없이 케이아스를 바라보다가 검을 거두었다.

"······?"

그리고 디트리히에게 다가갔다.

"오, 오지 마! 케이아스! 이놈을 막아!"

"미안, 두목. 이미 난 졌어. 내 목숨은 그 사람 거야. 어차피 막으라고 해도 막지 못해."

"이 빌어먹을 자식이, 키워준 은혜도 모르고!"

고래고래 악 쓰는 디트리히의 입에 아르디엔의 주먹이 박혔다.

빡!

"어거거……!"

디트리히의 입에서 피와 치아가 튀어나왔다.

아르디엔은 녀석의 머리채를 잡고 아래로 당기며 무릎을 올려쳤다.

빡!

"끄악!"

코뼈가 부러졌다.

디트리히는 입과 코에서 피를 줄줄 흘리며 뒷걸음질 쳤다.

아르디엔이 놈의 무릎을 걷어찼다.

빠박!

우득! 두드득!

"크아아아!"

무릎뼈가 박살 나며 디트리히는 바닥에 주저앉았다.

아르디엔도 녀석 앞에 쪼그려 앉았다.

그가 디트리히의 오른손을 잡아끌었다. 그리고 검지를 살살 만지다가 힘주어 뒤로 꺾었다.

우드득!

"아악!"

검지가 손등과 거의 닿을 듯이 뒤집어졌다.

"디트리히, 이제부터 내가 하는 말 잘 들어."

"무, 무슨……!"

아르디엔이 이번엔 중지를 꺾었다.

드득!

"아아아악!"

"반문하지 마. 헛소리도 하지 마. 내가 묻는 말에 대답만
해. 그렇지 않으면 손가락 열 개를 다 부러뜨릴 거야. 그다음
엔 발가락. 그다음엔 사지를, 마지막으로 모가지가 꺾일 거
야. 알아들어?"

디트리히가 고통을 참으며 고개를 끄덕였다.

그러자 아르디엔이 약지를 부러뜨렸다.

"끄으으!"

"대답을 해."

"아, 알았어! 알았다고!"

두득!

이번엔 새끼손가락이 부러졌다.

"아악!"

"말 놓지 마라."

"아, 알겠습니다. 끄흐흐흑!"

급기야 디트리히가 눈물을 흘렸다.

"오늘 여기서 네가 본 것들은 절대 함구해야 할 거야."

"그, 그렇게 하겠습니다. 흐으으윽."

"나는 아무 짓도 하지 않았어. 여기에 찾아오지도 않았다. 거리에서 날 봤던 사람들이 무슨 얘기를 하든 너는 아니라고 해야 돼. 누구한테? 치안대한테."

"네, 네. 알아듣겠습니다."

"그리고 이 마을에서 더 이상 상인들에게 돈 뜯어내는 짓거린 하지 마."

"네? 그, 그럼 우리는 무얼 먹고살라는 말씀입니까?"

우드득.

엄지마저 부러졌다.

"아아악!"

"그건 네놈들이 알아서 생각해야지. 장사를 하든지 할 줄 아는 게 주먹질밖에 없으면 용병짓을 하든지."

"크흐흐흑! 그렇게 할게요."

"만약, 치안대가 날 찾아오게 된다면… 그 이후 상황은 어떻게 될지 잘 알겠지?"

"압니다. 잘 알고 있습니다."

"아니, 아직 잘 모르는 것 같아."

아르디엔이 주먹에 불의 기운을 실어 디트리히의 왼쪽 가슴을 때렸다.

퍽!

"컥! 끄아악!"

디트리히는 가슴이 타들어가는 고통에 컥컥댔다.

아르디엔이 그의 머리채를 잡아 고개를 꺾었다.

"크흑!"

"그 고통 깊이 기억해라. 다음번에 불미스러운 일로 나와 마주치게 되면 넌 무조건 죽어. 그리고 난 사람을 편하게 죽이는 법 따윈 몰라. 알아들었냐."

"네, 네… 흐으으윽."

"좀 자라."

빡!

아르디엔이 디트리히의 턱을 가격했다.

뇌가 흔들리는 충격을 받은 그가 기절했다.

자리에서 일어선 아르디엔이 케이아스에게 다가갔다.

"이제 내 차롄가?"

"난 널 이 자리에서 죽일 수 있어."

"잘 알아."

"하지만 죽이지 않을 수도 있다."

"그것도 알고."

"제안을 하나 하지."

"미안한데 난 나쁜 짓은 안 해."

"나도 그런 건 원치 않는다. 그래서 스콜피언을 무너뜨린 거고."

"그럼……?"

"기사가 되고 싶다고 했었나?"

"응."

"그 꿈, 내가 이뤄주겠다."

"당신이……? 어디 귀족가의 자제… 님이셨나요?"

"아니, 너와 같은 평민이다."

"그런데 어떻게 날 기사로 만들어주겠다는 거야?"

"그냥 믿고 따라와라. 여기서 죽는 것보단 날 한 번 믿어보는 게 더 낫지 않겠나?"

케이아스는 아르디엔을 가만히 살폈다.

하지만 그의 의중을 알 수 없었다.

'신기한 사람이네.'

외형은 분명 성장기가 다 끝나지 않은 소년인데 그의 육신에서 뿜어져 나오는 기도나 말투는 애늙은이가 따로 없었다.

'어차피 한 번 죽음을 각오했던 목숨. …믿어보는 것도 나쁘지 않을 것 같아.'

아르디엔의 말처럼 여기서 죽느니 맹목적으로 그를 믿고 따라가 보는 게 나았다.

케이아스가 고개를 끄덕였다.

"좋아. 그렇게 할게."

"그럼 결정됐군. 날 따라와."

아르디엔이 스콜피언의 아지트를 나섰다. 그 뒤를 케이아스가 따랐다.

"어디 가는데?"

"레인보우 펍."

"아~ 다른 마을에서 온 아가씨가 운영한다는 거기?"

"응."

"그 아가씨 부탁받고 찾아온 거야?"

"정확히는 용병길드에서."

"아로아라고 했었나? 어떤 레이디인지 궁금하네. 용병길드에다가 스콜피언을 박살 내란 의뢰를 하다니."

"…넌 말이 좀 많군."

"그런 소리 자주 들어. 그런데 내가 너보다 나이 많을걸?"

"형 대접받을 생각 하지 마라."

"그냥 그렇다고. 이름이 뭐야?"

"아렌."

*　　　*　　　*

미래가 확연하게 변하고 있었다.

아르디엔은 훗날 두각을 드러내는 여러 잠룡들 중 벌써 두 사람과 연을 맺었다.

한 명은 그랑로드에 있는 플라워 마스터 레나 하리아멜, 그리고 또 한 명은 자신을 따라 레인보우 펍에 들어온 광속의 기사 케이아스.

이렇게 계속해서 잠룡들을 찾아내 자신의 아군으로 삼으면 고아원으로 위장한 반역 집단들을 무너뜨리는 건 머지않은 일이 될 것이다.

물론 그러기 위해선 제국에 붙어버린 귀족들도 처단해야 한다.

해야 할 일이 많았다.

"어떻게 됐어요?"

잭과 다니엘의 행패로 부러져 버린 테이블 다리를 고치던 아로아가 아르디엔이 들어서자 얼른 물어왔다. 그런데 아르디엔의 뒤에 처음 보는 사내가 서 있었다.

"이분은?"

아르디엔이 소개하기도 전에 케이아스가 먼저 입을 열었다.

"케이아스야. 케이라고 부르면 되고, 기사지망생이지."

"아… 네."

근데 왜 첫 대면부터 반말인지.

따지고 싶었지만 그냥 넘어갔다. 지금은 그게 중요한 게 아니다.

"동행이 있었네요. 전 혼자인 줄 알았는데."

"케이는 이 마을 사람입니다. 이제부터 저랑 동행하기로 했습니다."

"아, 그렇군요. 한데 의뢰는……?"

"스콜피언은 오늘부로 해체됐습니다. 더는 행패를 부리지 않을 겁니다."

"정말이에요?"

"응, 정말이야."

아르디엔 대신 케이아스가 대답했다.

"잔금을 주시죠."

"아, 맞다."

아로아가 얼른 6만 트랑이 담긴 주머니를 가지고 왔다. 하지만 쉽게 넘기지는 않았다.

"한데… 정말 제대로 처리한 거 맞겠죠?"

"못 믿겠습니까?"

"그게… 이 마을에서 치안대조차도 건드리지 못한다는 조직을 이렇게 쉽게 손봐줬다니까."

그때 펍의 문이 벌컥 열리며 용병길드 마스터 브람스가 들이닥쳤다.

"이봐, 아로아! 소문 들었어?"

"무슨 소문이요?"

"스콜피온이 아주 작살이 났… 어라?"

흥분해서 소리치던 브람스가 아르디온을 보고서 화들짝 놀랐다.

"혹시… 스콜피온을 작살낸 게…….."

아르디엔은 살짝 고개를 끄덕였다.

"허어… 말도 안 돼. 헉! 케, 케이는 왜 여기 있는 거야? 정말 스콜피온이 작살난 거 맞아?"

"맞아, 내 눈으로 똑똑히 봤어."

케이가 활짝 웃으며 대답했다.

브람스는 상황이 어찌 돌아가는 건지 도통 이해할 수가 없었다.

"그리고 브람스, 나 이제 스콜피언 관두기로 했어. 이제부터 아렌이랑 같이 다닐 거야."

브람스는 머리가 복잡해졌다.

"끄응, 뭐가 뭔지 모르겠군. 아무튼 간에! 혹여라도 우리 용병길드가 이 일에 관여되었다는 얘기는 입 밖에도 꺼내지 마, 다들! 그럼 나 간다!"

브람스가 부리나케 펍을 나갔다.

아로아가 날카로워진 눈으로 케이아스를 노려봤다.

"당신도 깡패였어요?"

"이제는 아니야."

"당장 나가요."

"아렌이 나가면 나도 나갈 거야."

아로아가 아르디엔을 바라보았다.

"잔금을 주면 나갈 겁니다."

아로아가 잠시 고민하다가 대답했다.

"그럼 일주일만 더 여기 있어줄래요?"

"왜 그래야 하죠?"

"무엇이든 확실한 게 좋잖아요. 게다가 당신은 저한테 의뢰금을 받고 떠나면 그만이지만… 일을 제대로 처리한 게 아닐 경우엔 저는 죽을지도 모른다구요."

그 말에 아르디엔은 잠시 생각에 빠졌다.

'이렇게 뛰어난 실력을 가진 여인이 왜 미래에서는 크게 이름을 날리지 못했을까.'

아로아 정도의 실력이라면 충분히 요리계에서 두각을 드러낼 수 있었다.

아마 요리계의 일인자가 되는 것도 어려운 일은 아닐 것이다.

하지만 아르디엔의 기억 속을 아무리 뒤져도 그녀의 이름은 없었다.

그는 전생에 제법 미식가 기질을 가지고 있었다. 때문에 라우덴에서의 외출이 자유로워진 시기부터는 유명한 요리사들을 찾아다니며 음식을 맛보곤 했었다.

'혹시 아로아의 운명은 이곳에서 스콜피온 패거리에게 당해 버리는 것이었나?'

그로 인해 좌절해, 주저앉아 버렸다면 아로아가 크게 성장하지 못했을 수도 있다.

그런데 그런 미래가 아르디엔을 만나 또 바뀌려 하고 있었다.

아로아의 요리 실력은 뛰어나다.

이대로 묻혀 버리기엔 아깝다.

미래란 쉽게 변하지 않는다. 그리고 일어날 일은 반드시 일어난다.

여기서 아로아가 스콜피온에게 받을 위기를 넘겼다고 해도, 또 다른 일이 벌어져 불행한 인생을 살게 될지도 모른다.

'아로아의 재능은 돈이 되는 재능이야.'

아르디엔은 뭔가를 결정하고서 아로아에게 제안했다.

"그럼 이렇게 하는 건 어떨까요?"

"어떻게요?"

"잔금은 받지 않겠습니다."

"잔금을 받지 않고 그냥 가겠다구요?"

"아니오. 동업을 했으면 합니다."

"네?"

아로아가 모르겠다는 듯 눈을 깜빡였다.

"제가 받을 잔금은 당신의 펍에 사업자금으로 투자하는 걸로 하죠. 대신 저도 여기서 지내겠습니다. 가게 일도 돕고, 누군가 해코지를 하려들면 막아드리겠습니다. 어떻습니까?"

아로아가 머리를 굴렸다.

'6만 트랑을 받지 않으면 나야 고맙지. 게다가 스콜피온을 단신으로 작살낸 사람이 가게에 머물러 준다면 더할 나위 없고. 하지만……'

"투자를 하시면 다달이 들어오게 되는 이익 분배는 어떻게 하실 건데요?"

"난 최소한으로 가져가겠습니다. 순수익의 삼십 퍼센트 이상은 손대지 않겠습니다."

총수익도 아니고 순수익 30퍼센트면 나쁜 조건이 아니다.

어차피 가게 안쪽으로 방은 두 개가 있다.

외간 남자랑 한방을 써야 하는 것도 아니다.

"좋아요! 그렇게 해요."

아로아가 바로 마음을 정했다.

그러자 케이아스가 펍을 둘러보며 말했다.

"내 새로운 인생이 여기에서부터 시작되는 거라 이 말이지?"

"네? 그게 무슨 얘기예요?"

"아렌이 여기서 지낸다잖아? 그러니까 나도 여기서 지내야지."

"방은 두 개밖에 없어요. 게다가 좁아요."

"괜찮아. 아렌이랑 같이 쓸 거니까."

아로아가 아르디엔에게 정말 그렇게 해야 되냐고 눈으로 물었다.

아르디엔이 고개를 끄덕였다.

"하아, 어쩔 수 없네. 알아서 해요. 대신 당신에게는 돈 한 푼도 지급하지 못해요."

"괜찮아."

"내 가게에서 먹고 자는 거니까 일도 도와야 할 거예요."

"그럴게."

"……."

어쩜 저리 천하태평인지 모르겠다.

아로아의 머리가 지끈거렸다.

Chapter 09
바뀌는 흐름 (1)

아르디엔 전기

스콜피온이 무너졌다는 소문은 파보츠 전역에 빠르게 퍼
졌다.

　　파보츠의 치안대장 고르단은 심정이 복잡했다.

　　"하아, 그놈들한테 받아먹는 돈이 짭짤하긴 했는데."

　　스콜피온의 만행들을 눈감아주는 대신 다달이 들어오는
돈이 제법이었다.

　　물론 그렇게 만지게 된 돈에는 부작용이 따른다.

　　누군가 고르단의 행실에 대해 치안감찰단에다 투서를 넣
으면 그는 파직당하는 것은 물론, 징역까지 살아야 한다.

한데도 몇 년 동안 치안대장 자리에서 호위호식할 수 있었던 것은, 그의 뒤를 봐주는 자벨라 칸 자작 덕분이었다.

자벨라 자작은 금전적 욕심이 많은 인물이다. 식욕과 성욕도 왕성하다. 자기 몸을 움직이는 것은 극도로 귀찮아해서 살이 뒤룩뒤룩 찐 게으름뱅이다.

귀족이 아니었다면 이미 오래전에 거렁뱅이가 되었을 인물이다.

고르단은 자벨라 자작에게 다달이 일정 금액을 갖다 바쳤다.

이에 자벨라 자작은 그의 비리가 드러나지 않도록 은밀히 힘을 써주었다.

고르단이 자벨라 자작에게 바친 돈의 출처는 다름 아닌 스콜피온이었다. 그들에게서 받은 돈 중 이십 퍼센트를 자신이 갖고 나머지는 자벨라 자작에게 상납했다.

그런데 이제 자금줄이 끊겼다.

때문에 자벨라 자작에게 상납할 돈도 끊기고 말았다.

만약 상납금을 내지 못하면 자벨라 자작은 고드란의 뒤를 봐주지 않을 것이다.

아니, 오히려 그 동안의 비리를 다 폭로해서 고르단을 파직시키고 다른 사람을 그 자리에 앉힐 수도 있다.

"이를 어쩐다."

고민하던 고르단은 결국 답을 얻었다.

자신이 안전하기 위해서는 스콜피온이 부활해야 한다. 그래야 상납금이 다시 들어오고 고르단도 자벨라 자작에게 상납을 할 수 있다.

스콜피온이 부활하려면 그 조직을 무너뜨린 원인부터 제거해야 한다.

"레인보우 펍의 아가씨가 용병길드에 의뢰를 맡겼다고 했었지? 그 의뢰를 해결한 용병이 펍에서 같이 지내는 중이고."

스콜피온을 단신으로 작살냈다고 들었다.

한마디로 엄청난 실력을 가진 용병이다. 하지만 용병도 결국 법의 테두리 안에서 살아간다. 공권력에 대항할 수는 없을 것이다.

"녀석을 체포해야겠어."

아르디엔이 디트리히의 입을 막았고, 브람스와 아르디엔과 아로아의 입을 막았지만, 소문이라는 것은 이미 도시 안에다 퍼진 이후였다.

*   *   *

아르디엔이 스콜피온을 무너뜨린 지 사흘이 지났다.

스콜피온이 무너졌을 당시 활기찼던 도시의 분위기는 어

느새 푹 꺼져 있었다.

다들 스콜피온과 치안대장 고르단이 어떠한 관계에 있는지 잘 안다.

더불어 고르단과 자벨라 자작 사이에서 모종의 거래가 있다는 걸 짐작하고 있었다.

때문에 후폭풍이 몰려올 것이 두려워 레인보우 펍 근처에는 얼씬도 않았다.

그런 상황이다 보니 장사가 잘될 리 없었다.

손님이 늘어야 하는데 아로아의 한숨만 늘었다.

하지만 아르디엔과 케이아스는 태연하기만 했다.

아르디엔은 손님이 들지 않는 동안 여러 가지 메뉴를 개발해서 펍의 질을 높이자는 의견을 냈다.

그게 맞는 말이라는 걸 아로아도 알고 있었지만, 속이 편치 않으니 몸이 따라주질 않았다.

식욕도 없고 잠도 쉽게 들 수 없었다.

그런데 케이아스는 너무나 잘 먹는다.

지금도 그랬다.

소고기 스튜를 벌써 혼자 다섯 그릇이나 비웠다.

손님이 들어야 케이아스를 부려먹을 텐데 그럴 수가 없으니 이건 완전히 자원봉사를 하는 셈이었다.

"하아, 무슨 방법이 없을까?"

이래서는 스콜피온을 때려잡은 게 아무 소용이 없었다.

한데 그때 도시 전역에 시끄러운 종소리가 울려 퍼졌다.

땡땡땡땡땡땡!

아로아가 놀라서 밖으로 달려 나갔다.

거리를 누비던 사람들이 멍하니 하늘을 바라보았다.

치안대원들이 저 멀리서 달려오며 소리쳤다.

"몬스타다! 모두 집으로 들어가! 도시 밖으로 외출은 불가하다! 관문을 닫는다!"

"몬스터?"

아로아는 고개를 갸웃거렸다.

그러자 아르디엔이 뒤에서 물었다.

"왜 그래요?"

"아니… 원래 파보츠 근처에는 몬스터들이 그다지 서식하지 않는다고 들었거든요. 그래서 다른 가까운 도시들을 제쳐 두고 여기로 이사 온 건데."

아로아의 말대로였다.

파보츠는 몬스터의 습격이 거의 없는 도시였다.

간혹 한두 마리의 몬스터가 쳐들어오려고 하는 게 다다. 하나, 그 정도는 성루에서 활을 쏘아대는 것만으로도 충분히 사살 가능하다.

지금은 종이 울렸고, 치안대원들이 사람들에게 모두 집으로 들어가라 일렀다.

그 정도라면 강력한 몬스터가 나타났든지, 엄청난 수가 몰려오든지, 둘 중 하나다.

아로아를 밀고 밖으로 나온 아르디엔이 혼비백산 집으로 들어가는 사람들을 보며 생각했다.

'전생에서 내가 기억하는 파보츠는 요새화된 전투 도시였어.'

아르디엔은 전생에 파보츠에 가본 적이 없었다. 다만 그 도시가 어떠한지 소문으로만 들어 알고 있었다.

한데 지금의 파보츠는 요새와는 거리가 먼 모습이었다. 해서 처음 파보츠를 찾았을 때, 상상했던 것과 많이 다른 광경에 의아했다.

그런데 아로아는 파보츠가 원래 몬스터의 침략을 받지 않는 도시라고 말한다.

이제야 아르디엔은 알 수 있었다.

'평화롭던 도시에 어느 순간부터 몬스터의 침략이 잦아지게 된 거야.'

"정말 이사 잘못 왔네. 깡패에 몬스터에… 그리고 식충이에."

아로아의 시선이 스튜를 일곱 접시째 먹고 있는 케이아스에게 향했다.

"아무튼 들어가요."

아로아가 아르디엔에게 말했다.

그런데,

"어라?"

조금 전까지 코앞에 있던 아르디엔이 보이지 않았다.

"어디로 간 거야?"

아로아가 케이아스에게 물었다.

"케이아스, 아르디엔 어디로 갔어요?"

그런데 대답이 들려오지 않았다.

"케이아스! 그만 먹고 대답 좀……! 에……?"

조금 전까지 케이아스가 있던 자리에는 빈 스튜 그릇만이
덩그러니 놓여 있었다.

"내가 지금 정신이 나간 거야?"

혼란스러워진 아로아였다.

*　　　*　　　*

성루 위에는 요소요소에 병사들이 서 있었다.

성루 아래에는 저 멀리 먼지를 자욱하게 일으키며 몬스터
군단이 달려오고 있었다. 거리는 3킬로미터 남짓. 수는 삼백
정도 되었다.

파보츠를 실질적으로 다스리고 있는 자벨라 자작은 그의 호위기사 올리버와 함께 성루 아래를 바라보고 있었다.

자벨라 자작의 이마에는 송글거리며 땀이 맺혀 있었다.

"이, 이 도시에 갑자기 뭔 놈의 몬스터들이 저렇게 몰려오는 거야?"

기사 올리버가 심각한 얼굴로 말했다.

"파보츠의 성벽은 저 몬스터들을 막아낼 수 없습니다."

"벼, 병사들은? 기사는 몇이나 되지?"

"전시 동원 가능한 병사의 수는 백오십. 기사는 저를 포함 열 명입니다."

"치안대까지 동원하면 어떻겠나?"

"치안대원들은 몬스터와의 전투에 내보낼 수 없습니다. 병사로서의 교육을 받지 않아 오히려 전투에 방해가 될 뿐입니다."

"이런 젠장! 망할 놈의 촌동네 같으니라고! 대체 그따위 병력으로 뭘 어쩌겠다는 거야?"

올리버는 한심하다는 시선을 자벨라 자작에게 잠시 던졌다.

파보츠의 군사력이 이 모양인 건 전부 자벨라 자작 때문이었다.

그는 파보츠는 원래 몬스터의 침입이 없는 도시라며 부임

한 그 순간부터 군사력에는 통 신경을 쓰지 않았다.

게다가 성정 자체가 정사 돌보기를 귀찮아했다.

늘 호위호식하며 놀고먹은 게 자벨라 자작이 한 일의 전부였다.

"이러다가 다 죽겠네, 다 죽겠어! 올리버 경! 좋은 방법이 없겠나?"

"지금으로서는… 없습니다."

"이런 무능한!"

짜악!

자벨라 자작이 올리버의 뺨을 후려쳤다.

"그게 주군을 모시는 기사의 입에서 나올 소리란 말이냐!"

"…죄송합니다."

올리버가 고개를 숙였다. 그의 입이 앙다물어졌다.

그때, 자벨라 자작의 옆에서 낯선 목소리가 들렸다.

"많이도 오는군."

"음?"

자벨라 자작과 올리버가 고개를 돌렸다.

성루에는 민간인 두 명이 성루 아래를 내려다보고 있었다.

아르디엔과 케이아스였다.

케이아스는 자벨라 자작과 안면이 있었다.

"케이아스!"

"어, 간만입니다, 자작님."

"그래! 너희가 있었지! 스콜피온이 있었어!"

스콜피온은 비록 깡패 집단이긴 하지만 한 명 한 명이 어지간한 용병의 몫을 해낼 수 있을 만큼 실력이 있었다.

게다가 케이아스는 오러를 사용하는 검사다.

자벨라 자작은 얼른 케이아스에게 다가가 부탁했다.

"스콜피온을 불러오거라. 당장 전쟁에 투입해 줘야겠다. 물론 케이아스 너도!"

케이아스가 머리를 긁적였다.

"죄송하지만 전 스콜피온에서 나왔거든요. 이제 그 사람들에게 부탁 같은 거 못합니다."

"뭐, 뭣이!"

"앞으로는 저 사람의 말을 듣기로 했어요."

케이아스가 아르디엔을 가리켰다.

"저놈이 누군데?"

"이름은 아렌. 절 한 방에 제압한 사람이죠."

그 말에 자벨라 자작의 눈이 휘둥그레졌다.

"케, 케이아스를 한 방에?"

"네."

자벨라 자작의 얼굴이 눈에 띄게 밝아졌다.

"자, 자네! 아렌이라고 했나? 파보츠 사람인가?"

"아닙니다."

"그래, 뭐 그거야 상관없겠지! 우리를 좀 도와주게!"

"도와드리면 뭘 해주시겠습니까?"

"뭣이?"

자벨라 자작은 순간적으로 기분이 상했다.

감히 평민 주제에 귀족의 부탁을 거절하다니? 맘 같아서는 당장 검을 뽑아 즉결처형 해버리고 싶었다. 그러나 지금 당장 아쉬운 건 자벨라 자작이었다.

그가 화를 억누르고 아르디엔을 달랬다.

"그래. 뭘 원하지?"

"스콜피온이 다시는 이 바닥에서 활동하지 못하도록 그 일원들을 추방하십시오. 케이아스는 예외입니다. 그리고 스콜피온의 뒤를 봐주던 치안대장도 갈아치우십시오."

치안대장이 스콜피온의 뒤를 봐주고 있다는 말은 케이아스에게 들었다.

자벨라 자작은 일말의 고민도 없이 고개를 끄덕였다.

"몬스터들만 막아준다면 무조건 그렇게 하지!"

"약속하셨습니다?"

"그럼, 그럼!"

사실 자벨라 자작은 약속 따위 지킬 마음이 없었다.

일단 급한 불을 끄고 나면 평민과의 약속이야 무시해도 그만이다.

"알겠습니다."

"그럼 선봉에 나설 텐가?"

자벨라 자작이 물었다.

"아니오."

"뭐?"

"혼자 합니다."

말을 마치며 아르디엔이 성벽 아래로 뛰어내렸다.

"저, 저런 미친!"

아르디엔의 뒤를 따라 케이아스도 뛰었다.

"몬스터들 때려잡는다더니 이것들이 왜 자살을 하고 지랄이야!"

성루의 높이는 자그마치 5미터다.

사람이 뛰어 내려서 살 수 있는 높이가 아니다.

아르디엔은 바닥에 닿기 전, 오러를 바람의 기운으로 치환시켰다. 그리고 몸 밖으로 일순간 뿜어냈다.

휘이이이잉!

아르디엔의 주변으로 강렬한 바람이 일어, 낙하 속도를 줄여주었다.

타탁.

가볍게 땅에 발을 디딘 아르디엔이 앞으로 달려 나갔다.

케이아스는 성벽과 밀착하다시피 추락하다가 바닥과 충돌하기 직전 몸을 빙글 돌려 두 발로 성벽을 박찼다.

그의 몸이 바닥과 수평을 이루며 앞으로 날아갔다.

타탁.

케이아스도 아무런 타격 없이 무사히 착지했다.

그가 쌍검을 꺼내 쥐고 아르디엔의 뒤를 따라 달렸다.

아르디엔은 세포를 활성화시켜 시력을 극도로 높였다.

그러자 떼를 지어 오는 몬스터들이 고블린이라는 것을 알 수 있었다.

"대낮에 고블린이 인간 마을을 습격해?"

고블린은 주로 동굴이나 유적지에 들어가 터를 잡고 생활한다. 햇볕을 싫어하기 때문이다. 해가 떨어지지 않는 이상 밖으로 나오질 않으려 한다.

그런데 지금은 태양이 중천에 떠 있다.

'저 여자는……?'

아르디엔의 시선이 고블린 무리보다 조금 앞서서 말을 타고 달리는 여인에게 향했다.

고블린이 여인을 쫓아 여기까지 온 건지, 여인이 재수없게 고블린 무리와 맞닥뜨린 건지는 모른다.

일단은 살리고 볼 일이다.

극의를 본 아르디엔의 육신은 따로 훈련을 하지 않아도 절로 강해지고 있었다.

지금 그의 수준은 대륙 십존에는 미치지 못하고, 상위 서열 백 위권 안에는 충분히 들 수 있었다.

극의를 본다는 것 자체로도 엄청난 일인데, 아르디엔은 하멜의 일족이다. 하멜의 일족은 인간을 훨씬 압도하는 괴력을 가지고 태어난다. 그 힘은 성장함에 따라 갈수록 강해진다.

아르디엔은 극의를 경험한 것과 하멜의 일족이 타고나는 힘이 상승 작용을 일으켜 주먹질 한 번으로 오우거도 때려잡을 수 있는 경지에 이르렀다.

지금 그에게 고블린 삼백 마리는 아무것도 아니다.

게다가 케이아스도 지원군으로 나섰다.

쉬운 전투다.

아드리엔이 오러의 순수한 기운 그대로를 주먹에 실었다.

다그닥! 다그닥!

말을 탄 여인이 아르디엔의 곁을 지나치며 소리쳤다.

"성문을 열어요!"

병사들에게 한 말이지만, 누구도 성문을 열지 않았다.

고블린들은 그 짧은 다리로 엄청나게 빨리 달리고 있었다.

말을 따라잡을 정도의 속도라니, 놀라웠다.

고블린이 이토록 빠르다는 건 들어본 적도 없다.

'변종 몬스터.'

앞으로 몇 년 뒤, 대륙 곳곳에서 어마어마한 변종 몬스터들이 등장한다.

그들은 기존에 가지고 있던 종족적 특성을 무시한 채 사람들을 공격한다.

때문에 그라함 왕궁은 내부적으로 엄청난 골치를 앓게 된다.

그러는 사이 고아원에서 자란 첩자들이 왕국의 중요 도시들을 점거하고, 제국이 밖에서 쳐들어온다.

아르디엔은 그제야 이 변종 몬스터들의 등장도 그저 자연적 현상이 아님을 눈치챌 수 있었다.

아무튼 그건 그거고 지금은 파보츠를 지키는 게 우선이다.

'내가 개입하지 않았다면 몬스터들을 막아낼 수 있었을까?'

파보츠는 멸망하지 않는다.

오히려 미래엔 요새화되어 버린다.

그런데 지금의 상황에서는 여지없이 당할 판이다.

그렇다면 파보츠는 어떻게 살아남을 수 있었던 것일까?

답은 아르디엔의 행보에 있었다.

본래 스콜피언은 아르디엔에 의해 무너지지 않는다.

자벨라 자작은 오늘 그랬던 것처럼 스콜피온을 찾아가 전쟁에 참여하라 이를 것이다.

스콜피언은 한 사람 한 사람의 실력도 제법이지만 케이아스가 있다.

게다가 그 수가 오십이다.

그들이 전쟁에 참여한다면 고블린들을 막아내는 건 크게 어려운 일이 아닐 것이다.

한데 그 스콜피언을 아르디엔이 무너뜨렸다.

케이아스는 아르디엔을 주군처럼 따르고 있는 상황이다.

결국 그냥 놔뒀으면 고블린의 습격을 막아낼 수 있었을 파보츠가 아르디엔의 개입으로 위기 상황에 놓인 것이다.

'어찌 되었든 내가 파보츠를 지켜야 하는군.'

아르디엔과 고블린 무리의 거리가 상당히 좁혀졌다.

하지만 아르디엔은 멈추지 않고 전보다 더 빠른 속도로 달려갔다.

몬스터 무리와 아르디엔이 충돌하기 직전!

콰앙!

오러가 어린 그의 주먹이 바닥을 강하게 내려쳤다.

순간, 엄청난 소리와 함께 사방으로 흙더미, 돌덩이가 비산했다. 땅에는 깊은 구덩이가 생겼다.

"키에엑!"

"키엑!"

수십 마리의 고블린이 거대한 구덩이에 빨려 들어갔다.

아르디엔이 구덩이를 뛰어넘어 고블린 무리 속으로 몸을 던졌다.

구덩이에 빠진 고블린들이 다시 기어 나오려고 용을 썼다.

그런데 갑작스레 수십 줄기의 섬광이 그어졌다. 이어, 고블린들의 몸이 조각조각으로 잘려 나갔다.

"성불해라!"

케이아스였다.

그가 앞을 바라봤다.

거기엔 놀라운 광경이 펼쳐지고 있었다.

아르디엔이 지나가는 자리에 피와 살이 튀었다.

사지가 부러지고 뒤틀리고, 몸에 구멍이 뚫린 고블린들 수십 마리가 가을철 추수당하는 벼처럼 우수수 쓰러졌다.

아르디엔은 전장을 종횡무진하며 앞을 막는 고블린들을 전부 죽였다.

그의 주먹이 휘둘러질 때마다 고블린들의 비명이 울려 퍼졌다.

아르디엔은 주먹에 담긴 오러를 뇌전의 기운으로 치환시켰다.

지직! 지지직!

그의 주먹에서 강렬한 스파크가 일었다.

사방에서 몰려드는 고블린에게 아르디엔이 주먹을 내질렀다.

짜르르릉!

"키에에엑!"

"키엑!"

두 주먹에서 뿜어져 나온 벼락이 거미줄처럼 사방으로 퍼져 나갔다.

백여 마리의 고블린이 벼락에 얻어맞았다.

검게 그을려 잿덩이가 되어버린 고블린들이 일시에 쓰러졌다.

"휘유~!"

이를 본 케이아스가 휘파람을 불었다.

그의 몸 안에서 피가 들끓었다.

아르디엔은 케이아스가 생각했던 것보다 훨씬 강했다.

왠지 모르게 신이 났다.

케이아스의 쌍검이 더욱 빠르게 움직였다.

고블린들의 시체는 계속해서 늘어났다.

Chapter **10**
바뀌는 흐름 (2)

성루에서 아르디엔과 케이아스의 활약을 지켜보던 자벨라 자작과 올리버의 입이 쩍 벌어졌다. 비단 그 둘뿐이 아니었다. 모든 병사와 기사들이 이 말도 안 되는 광경에 넋이 나갔다.

"이, 이게 꿈은 아니겠지?"

"…아닙니다."

자벨라 자작의 말에 올리버가 나직이 대답했다.

"대체… 저런 자가 어디서 갑자기 나타난 거야?"

"스콜피언이 하루아침에 무너질 만하군요."

자벨라 자작의 눈동자에 탐욕이 어렸다.

"아렌이라고 했었나? 저자를 내 것으로 만들어야겠어."

*　　　*　　　*

"문 열라고!"

쾅!

열심히 말을 타고 달려온 여인이 하마해서 성문을 발로 찼다.

하지만 성문은 꿈쩍도 하지 않았다.

"사람이 몬스터한테 쫓기고 있는데, 구원 병력도 보내지 않고 뭐하는 거야!"

여인의 외모는 상당히 아름다웠지만, 성질은 아름다움과는 거리가 있었다.

꽈르르릉!

여인의 뒤에서 벼락치는 소리가 들렸다.

"꺄악!"

비명을 지르며 바닥에 납작 엎드린 여인이 조심조심 뒤를 돌아봤다.

그리고 놀라운 광경을 보았다.

고블린들의 수가 반 이상 줄어 있었다.

그녀를 지나쳤던 두 명의 사내가 고블린들을 학살하고 있
는 중이었다.

"세상에……."

여인은 할 말을 잃었다.

*　　　*　　　*

아르디엔과 케이아스는 삽시간에 고블린들을 정리했다.

삼백이 넘던 고블린 중 살아 숨 쉬는 녀석은 단 한 마리도
없었다.

모두 싸늘한 시체가 되어 바닥에 드러누웠다.

이를 지켜보고 있던 파보츠의 병사와 기사들이 환호성을
내질렀다.

와아아아아아아아!

아르디엔은 묵묵히 성문으로 돌아왔다.

케이아스는 여기저기 손으로 키스를 보내며 즐거워했다.

그제야 성문이 활짝 열렸다.

"진짜 너무하네."

한참 전부터 성문 앞에 서 있던 여인이 툴툴댔다.

케이아스가 여인에게 물었다.

"괜찮아?"

느닷없이 튀어나오는 반말이 심히 거슬렸다.

그러나 케이아스는 여인의 목숨을 살려준 사람이다.

여인이 기분 나쁜 기색을 보이지 않고 대답했다.

"아… 네, 도와주셔서 감사합니다."

"그런데 여자 혼자 어쩌다가 고블린 무리한테 쫓기게 된 거야?"

"혼자가 아니었어요."

"일행이 있었어?"

"네, 그런데… 다들 고블린에게 죽었어요."

여인의 표정이 어두워졌다.

"아, 이런 분위기 나는 사양이니까 아렌한테 토스."

케이아스는 먼저 성문으로 들어갔다.

여인이 아르디엔에게 고개를 꾸벅 숙이고서 말했다.

"감사합니다. 덕분에 살았어요. 전 베르체스 라피엔이라고 해요."

"베르체스… 라피엔? 칼토르 라피엔 후작의 영애 되십니까?"

"아버지를 아시는군요."

모를 리가 없다.

칼토르 후작은 가르테스 제국과의 전쟁에서 늘 선봉에 나가 병사들을 이끌었다.

그러다 커다란 공을 세우고 목숨을 잃게 된다.

당시 그에게는 딸이 없었다.

전쟁이 일기 몇 년 전, 딸이 행방불명되었기 때문이다.

그 시기가 대륙력 368년.

바로 지금이다.

'혹, 베르체스 라피엔은 원래 이곳에서 죽게 되는 것인가?'

그녀가 죽고 난 뒤, 칼토르 후작은 크나큰 마음의 병을 얻어 일 년 동안 아무것도 못하고 드러누워야 했다.

겨우 침상에서 일어난 후에는 말이 없어졌다. 그리고 갈수록 수척해지며 야위었다.

늘 얼굴 가득 그늘을 안고 살았다.

그만큼 칼토르 후작은 딸인 베르체스를 사랑했다.

그런데 그런 베르체스를 지금 아르디엔이 살렸다.

베르체스 본인도 아르디엔이 아니었다면 여기에서 죽었을 거라고 생각하고 있었다.

목숨 빚을 지게 된 것이다.

이건 아주 좋은 기회였다.

아르디엔은 베르체스에게 고개를 숙였다.

"라피엔 후작 가문의 영애를 만나 뵙게 되어 영광입니다."

"아니오. 저야말로……."

"아렌입니다."

"아렌님을 만난 덕분에 목숨을 구할 수 있었어요."

"그리 생각해 주신다니 감사합니다."

성루에서 후다닥 뛰어내려 온 자벨라 자작이 아르디엔에게 다가왔다.

그가 비대한 양팔을 쫙 벌리며 아르디엔을 끌어안으려 했다.

"정말 잘했어! 끝내주게 잘했어, 아렌!"

아르디엔이 그의 포옹을 슬쩍 피했다.

허공을 껴안은 자벨라 자작이 무안해져서 헛기침을 흘렸다.

"허험! 험! 아, 아무튼. 덕분에 살았어. 나를 비롯한 모든 사람들이 성루에서 자네의 무위를 보았네. 그야말로 전설 속의 무신 라하트마가 재림한 것 같더구만!"

그때 베르체스가 아르디엔과 자벨라 자작 사이에 끼어들었다.

"안녕하세요. 파보츠의 영주이신가요?"

자벨라가 베르체스를 유심히 살폈다.

입고 있는 옷이 더러워지긴 했으나 고급재질로 되어 있는데다 얼굴에서 귀티가 흐르는 게 평민은 아닌 듯했다.

"그렇다네. 내가 파보츠의 영주인 자벨라 칸이네. 한데 그

쪽은……?"

"처음 뵙겠어요. 전 라피엔 후작가의 장녀 베르체스 라피엔이라고 해요."

그 말에 자벨라 자작의 눈이 번뜩 뜨였다.

"라, 라, 라, 라피엔 후작… 가의 영애이시라구요?"

"네, 영주님께서 성문을 열어주지 않는 바람에 갈기갈기 찢겨서 고블린 뱃속으로 들어갈 뻔했네요. 고마워요. 이 은혜는 잊지 않고 아버님께 전해 드릴게요."

"커허헉!"

자벨라 자작의 턱이 쩍 벌어졌다.

"입 닫아요. 먼지 들어가요."

베르체스가 옷을 탁탁 털면서 말했다.

"헙."

자벨라 자작이 얼른 입을 닫았다.

"자작님, 저와 한 약속은 반드시 지켜주시기 바랍니다."

"그, 그거야 당연하지."

자벨라 자작은 원래 아르디엔과 했던 약속을 지키지 않을 셈이었다.

한데 아르디엔의 무위를 보고서 생각이 바뀌었다.

그깟 스콜피언 따위보다 아르디엔 한 명이 훨씬 값어치 있었다.

아무튼 지금은 그게 문제가 아니다.

자벨라 자작은 칼토르 후작의 장녀를 죽을 위기에 내몰리도록 만들었다.

칼토르 후작이 누구던가?

불의와 타협하지 않고 아닌 길은 가지 않으며, 청렴결백의 대명사로 통하는 귀족이다. 그만큼 자신에게 엄격하고 남에게도 엄격하며, 은원을 절대 잊지 않는다.

자벨라 자작은 지금 칼토르 후작과 척을 지게 되었다.

골치가 아파왔다.

일단은 베르체스의 기분을 풀어놓아야 한다.

"아, 저… 지내실 곳이 없으시죠? 제 저택으로 모시겠습니다. 계시는 동안 불편함 없이 편히 지내실 수 있을 겁니다."

"아니오. 괜찮아요. 여행하면서 심심찮게 노숙도 많이 했고, 여관 생활도 자주 했어요. 그리고 지금 기분으로는 자벨라 자작님과 같은 공간에 있어야 한다는 것 자체가 불편할 것 같네요."

"저, 그, 그게……."

"아렌?"

"네."

"제가 쉴 만한 곳이 있나요?"

"있습니다."

"거기로 안내해 주세요."

"알겠습니다."

베르체스는 아르디엔과 케이아스를 따라 걸음을 옮겼다.

자리에 덩그러니 남은 자벨라 자작은 당장에라도 울 것 같은 얼굴이 되었다.

"망했다… 망했어!"

벌써부터 후한이 걱정되는 자벨라 자작이었다.

*   *   *

레인보우 펍.

아로아와 아르디엔, 케이아스, 베르체스는 테이블 하나에 빙 둘러앉아 이야기를 나누었다.

베르체스의 사정을 전부 듣게 된 아로아가 고개를 주억거렸다.

"칼토르 후작님에 대한 소문은 익히 들어 알고 있어요. 그분이 얼마나 좋으신 분인지 잘 알아요."

"감사해요. 다시 여행 떠날 채비를 갖추는 동안 잠시 신세질게요."

"물론이죠. 얼마든지요. 저… 동료분들 일은 유감이에요."

"네……. 저도 가슴이 많이 아프지만 지금 꼭 해야 하는 일이 있어서 마음껏 슬퍼하지도 못하는 상황이에요."

"해야 하는 일이라니요?"

"실은 이번에 우리 가문에서 광산 사업을 할 예정이었어요. 전부터 아버지께서 그쪽에 욕심을 내셨거든요. 오랜 시간 공을 들인 끝에 상그레이 산맥에서 금맥을 잡았어요. 그런데 금맥을 따라 광산을 뚫던 인부들 중 반 이상이 붕괴 사고로 안에 갇히고 말았어요."

"어머나! 그럼 큰일이잖아요?"

"사고에 휘말리지 않은 광부들이 찾아와 소식을 전했던 게 일주일 전이에요. 광산에서 제가 사는 도시까지 일주일은 족히 걸리니까 광부들이 두 주는 갇혀 있었다는 얘기예요. 사실… 갇힌 광부들이 살아 있는 건지, 아니면 죽어버린 건지도 잘 모르겠어요."

"소문대로 대단한 귀족이네?"

케이아스가 끼어들었다.

다들 그를 쳐다보았다.

"보통은 인부 몇 갇혀 버린 걸로 자기 딸을 보내지 않잖아? 그냥 상황 수습할 인력과 새로운 인부들을 보내서 해결하겠지."

"그건… 아니에요. 사실 이번 일은 은밀하게 진행하고 있는 터라 다른 귀족들이 냄새를 맡게 하지 않기 위해서 제가 직접 나선 거예요. 빠르고 은밀하게, 그리고 조용히 처리를 해야 하니까요."

"왜 그렇죠?"

"우리 가문은 우군이 별로 없어요. 거의 다 배척하려 들죠. 아버지는 독불장군이신 데다가 불의와 타협하지 않으시려 드니까 좋아할 만한 귀족이 별로 없어요. 그렇기 때문에 이번 광산 사업에 대한 건이 타 귀족의 귀에 들어가면 어떻게든 훼방을 놓으려 들 거예요."

"그런데… 그런 일을 우리한테 이야기해도 되는 건가요?"

아로아가 걱정했다.

"안 돼요. 하지만… 해야 했어요."

"해야 했다니요?"

베르체스가 아르디엔을 바라보았다.

"그래야 도움을 청할 수 있을 테니까요. 고블린들의 습격으로 기사와 병사들은 물론, 막힌 광산의 입구를 뚫기 위해 합류했던 2서클 마법사도 죽었어요. 처음 맞닥뜨린 고블린의 수는 오백이 넘었어요."

결국 기사들과 병사, 마법사가 목숨을 바쳐 싸워 고블린 이백 마리를 죽인 것이다.

베르체스는 남은 삼백여 마리에게 쫓겨 파보츠까지 오게 된 것이고.

"부탁할게요, 아렌. 절 도와주시겠어요? 목숨을 한 번 빚진 마당에 뻔뻔하다는 건 잘 알지만……."

베르체스의 말을 자르며 아르디엔이 말했다.

"도와드리죠."

"정말인가요?"

베르체스의 얼굴이 밝아졌다.

"하지만 대가를 받아야겠습니다."

"뭘 원하시나요?"

"상그레이 산맥은 여기서 멀지 않습니다. 하지만 라피엔 후작가와는 멉니다. 광산이 완성된 이후, 혹여라도 타 귀족가에서 광산을 발견하게 된다면 욕심을 낼지도 모를 일입니다."

"맞아요. 그게 걱정이에요."

"제가 광산을 관리해 드리죠. 대신 매달 광산으로 벌어들이는 수입 중 삼 퍼센트를 제게 주십시오."

"어렵지 않아요."

베르체스는 흔쾌히 고개를 끄덕였다.

광산을 관리까지 해주겠다는데 삼 퍼센트는 아까운 금액이 아니었다.

"한 가지 더. 제가 이번 일을 해결해 주면 기사의 작위를 주십시오."

"기사의… 작위를요?"

"후작이시면 국왕의 허락 없이 공을 세운 이에게 기사의 작위를 하사할 수 있지 않습니까?"

"맞아요, 제가 놀란 건 조금 의외라서."

아르디엔이 말없이 베르체스를 응시했다.

"그러니까 작위 같은 것에는 관심이 없는 줄 알았거든요."

베르체스가 보는 아르디엔은 정말 그렇게 느껴졌다.

어려 보이는 외관과 달리 세상 모든 것에서 초탈한 분위기를 풍겼다.

그런데 돈과 명예를 달라고 하니, 예상했던 것과는 다른 사람이라는 생각이 들었다.

하지만 사실 베르체스가 제대로 본 게 맞다.

아르디엔은 금력, 권력을 원하는 것이 아니라 제국을 무너뜨릴 힘을 원하는 것이다.

아무튼 아르디엔이 어떤 사람이든 간에 베르체스에겐 손해 보는 장사가 아니었다.

"알았어요. 아버님께 당신의 공을 잘 말씀드려 기사의 작위를 받게끔 해드리겠어요."

"감사합니다."

"좀 피곤하네요. 오늘은 그만 쉬고 싶어요."

"그러시죠. 아로아, 베르체스님을 우리 방으로 안내해 드려."

"그럼 두 사람은 어떻게 하려구요?"

"우린 신경 쓰지 마."

"그래 신경 쓰지 마. 이 도시에서 나 재워주겠다는 여자는 많으니까."

케이아스가 히죽댔다.

아르디엔이 베르체스에게 인사를 건네고서 펍을 나섰다.

케이아스도 후다닥 아르디엔의 뒤를 따라 밖으로 나갔다.

*　　*　　*

"어쩔 수 없어, 내가 살기 위해서는."

자벨라 자작은 베르체스와 헤어진 뒤, 올리버에게 마르코를 만나고 오라 일렀다.

마르코는 숲 속에서 은둔해 살아가는 어쌔신 집단 '문 섀도우'의 우두머리다.

올리버는 한 시간 동안 말을 몰아 숲 속에 지어진 작은 산채에 도착했다.

노크를 하니, 굳게 닫힌 문이 스르륵 열렸다.

올리버가 잔뜩 긴장한 채 안으로 들어섰다.

벌써 산채 안은 공기부터가 달랐다.

예리하게 날 선 칼이 올리버의 전신을 썰어대는 것 같았다.

창문이 없어 빛 한 점 들어오지 않는 산채 내부는 지독하게 어두웠다.

그 어둠 속에 십수 명의 어쌔신이 몸을 숨기고 있었다.

아직 올리버의 눈이 어둠에 적응되기도 전에, 마르코의 목소리가 들려왔다.

"자벨라 자작님께서 또 곤란한 일이 있으신가 보군. 이번엔 누굴 죽여줄까? 말 안 듣는 기사? 헛소문을 퍼뜨리고 다니는 남작?"

"귀족의 딸이다."

"더 자세히."

마르코의 음성은 고막을 긁어내는 것마냥 날카롭기 그지없었다.

올리버가 마른침을 꿀꺽 삼키고서 말을 이었다.

"칼토르 라피엔 후작의 딸이다."

"…돌아가."

"라피엔 가문에 침입하라는 얘기가 아니야. 지금 칼토르 후작의 딸이 홀로 파보츠에 와 있어."

"……."

"성공하면 지금까지 받던 액수의 다섯 배를 주겠다고 하신다."

"부족해."

"뭣이?"

"열 배. 그 정도면 해볼 만하지."

올리버는 잠시 고민하다가 고개를 끄덕였다.

"알았다. 그렇게 전하지."

"두 시간 후에 자벨라 자작님께 찾아가도록 하지."

올리버가 산채를 나왔다.

그는 가슴을 쓸어내리고서 말에 올라 파보츠를 향해 달렸다.

Chapter 11
잘못 건드리다

마르코는 문 섀도우의 어쌔신들 중, 서열 3위의 실력을 자랑하는 쟈칼을 파보츠로 보냈다.

　　쟈칼이 도착하기 전까지 자벨라 자작은 베르체스가 어디서 묵고 있는지 파악해 두었다.

　　베르체스는 레인보우 펍에서 묵고 있었다.

　　쟈칼은 어둠 속에 몸을 숨기고서 레인보우 펍으로 향했다.

*　　*　　*

아르디엔과 케이아스는 레인보우 펍에서 그다지 멀지 않은 여관에 방을 잡았다.

케이아스는 밥을 먹고 침대에 드러눕자마자 곯아떨어졌다.

아르디엔은 빈 침대에 누워 천장을 바라보았다.

문득 라우덴의 천장이 떠올랐다.

'녀석들은 잘하고 있을까?

그랑로드가 여전히 서열 1위를 고수하고 있을지, 아니면 자신이 없는 새 다시 서열 3위로 밀려났을지 궁금했다.

'기다려라. 아무리 늦어도 2년 안에 너희를 다시 보러 갈 테니까.'

다시 마주했을 때, 손을 잡을지, 서로의 목에 칼을 겨누게 될지는 모른다.

아르디엔은 어지간하면 친구들을 동료로 만들고 싶었다.

*   *   *

어두운 밤.

라우덴의 아이들은 모두 잠자리에 들었다.

그런데 그랑로드의 서열 1위 바르타인의 방문이 스르르 열렸다.

바르타인은 서열 2위인 말라스와 같은 방을 썼다.

바르타인이 1층 침대를, 말라스는 2층 침대를 사용했다.

둘 다 침대에 곤히 누워 있었다.

즉 바르타인의 방을 찾은 건 그 방 사람이 아니라는 얘기
다.

조용히 방 안으로 들어온 누군가가 바르타인의 복부를 향
해 주먹을 내질렀다.

퍼억!

잠든 줄 알았던 바르타인이 손으로 주먹을 막았다.

눈을 부릅뜬 바르타인이 이방인의 얼굴을 확인했다.

"데젤."

"여, 좋은 밤이야."

그는 러스트리옴의 서열 1위 데젤이었다.

"뭐하자는 거지?"

"보면 몰라? 시비 거는 거야."

"미쳤냐?"

"어지간하면 내일 붙으려 그랬는데, 몸이 근질거려서 참을
수가 있어야지."

"그렇다고 이 시간에 찾아와?"

"바르타인, 잘 들어. 너희 그랑로드는 내일부로 다시 러스
트리옴의 발바닥을 핥게 될 거야. 지금은 경고 차 온 거야. 오

늘 밤이라도 편하게 보내라."

데젤이 이죽이며 방을 나갔다.

바르타인은 한숨을 쉬고서 침대 위를 바라보며 말했다.

"말라스, 쫄았냐? 너무 신경 쓸 것 없어. 데젤은 날 동요시키려고 온 거야. 녀석은 분명 내일 결판을 내려 할 거야. 그전에 심리적으로 흔들어 버리려고 밤사이 찾아와 이런 행패를 놓은 거지."

바르타인이 한바탕 떠들었지만 말라스에게서는 아무런 대답도 들려오지 않았다.

"긴장 풀어. 데젤이 정말 자신있었다면 굳이 이런 식으로 날 도발하러 오지 않았을 거야. 놈도 내일 나와 붙었을 때 백퍼센트 이긴다는 장담이 안 서는 거라고."

여전히 말라스는 묵묵부답이었다.

"말라스?"

그제야 비로소 말라스의 대답이 들려왔다.

"드르렁. 푸우."

"……"

말라스는 곤히 자고 있었다.

애초부터 잠에서 깬 적도 없었다.

보통은 이런 난리통엔 눈을 뜨게 마련이다.

그런데 말라스는 약간의 동요조차 없이 잠만 잘 잤다.

대단한 무신경이었다.

바르타인이 침대에서 일어나 잠든 말라스를 가만히 지켜봤다.

따악!

주먹으로 꿀밤을 먹였다.

"악!"

그제야 말라스가 깼다.

하지만 이마를 한 번 슥슥 비비더니 다시 잠이 들었다.

"드르렁~ 푸우."

"자라, 자."

괜히 억울한 바르타인이었다.

             *   *   *

그림자 속에 완벽히 모습을 감춘 쟈칼이 레인보우 펍에 다다랐다.

그가 잠긴 펍의 문을 능숙한 솜씨로 따고서 안에 들어섰다.

솜씨있는 어쌔신답게 쟈칼은 자신의 기척을 완벽하게 숨겼다.

홀의 주방 옆으로 작은 문이 보였다.

쟈칼이 문손잡이를 돌렸다.

잠겨 있지 않았다.

문을 여니 좁은 복도가 보였고 왼편으로 문이 두 개 달려 있었다.

두 개의 문을 열면 각각의 작은 방이 나타난다.

그중 한 곳에 베르체스가 잠들어 있다.

쟈칼이 앞쪽에 있는 방문을 조용히 열었다.

거기엔 아로아가 잠들어 있었다.

이미 쟈칼의 머릿속엔 파보츠의 사람들에 대한 정보가 전부 기억되어 있다.

쟈칼이 문을 닫고 옆의 방문을 열었다.

처음 보는 여인이 단잠에 빠져 있었다.

'저년이군.'

쟈칼의 짐작대로 그녀가 베르체스였다.

자벨라 백작이 죽여 달라고 의뢰한, 오늘 밤으로 이 세상 사람이 아니 될 여인이다.

쟈칼이 허리에 차고 있던 대거를 꺼냈다.

대거의 날에는 맹독이 발라져 있었다.

한 번 찔리면 셋을 세기 전에 몸이 굳어버리고 다섯을 세기 전에 사망하는 무서운 독이다.

대거를 든 쟈칼의 손이 빠르게 움직였다.

실패는 없다.

무조건 성공이다.

받는 돈에 비해 쉬운 의뢰였다.

쟈칼이 그런 생각을 했다.

한데,

턱!

대거가 베르체스의 목에 닿기 전 멈췄다.

누군가가 쟈칼의 손목을 잡았다.

놀란 쟈칼이 반대쪽 손으로 또 다른 대거를 꺼내려 했다.

한데,

뻑!

"큭!"

눈앞에서 별이 번쩍하는가 싶더니,

와당탕!

쟈칼은 바닥을 구르고 있었다.

그 소란에 베르체스는 잠에서 깨어났다.

그리고 화난 얼굴로 어딘가를 노려보고 있는 은발의 사내를 발견했다.

"아… 렌?"

*   *   *

아렌은 여관 침대에 누워 잠을 청했다.

그런데 갑자기 날카로운 기운이 그의 감각에 잡혔다.

고요하고 조용한 새벽의 도시 사이로 무언가가 은밀하게 이동하고 있었다.

필요 이상으로 신중하면서도 재빨랐다.

아렌이 여관의 창문으로 몸을 빼 옆 건물의 지붕으로 뛰어내렸다.

한데 그 움직임이 어지간한 어쌔신들보다 훨씬 은밀했다.

아렌은 자신이 포착한 기운의 장본인을 쫓았다.

그러다 도착한 곳이 레인보우 펍이었다.

누군가가 레인보우 펍의 문을 열고 안으로 들어서는 게 보였다.

복면으로 얼굴을 가린 채 잠행복을 입은 사내, 쟈칼이었다.

'어쌔신?

분명 그는 어쌔신이었다.

아르디엔이 몰래 쟈칼의 뒤를 따라 들어갔다.

녀석은 주방 옆의 문을 열고 안으로 들어섰다.

그리고 방문을 하나씩 열더니 베르체스에게 대거를 휘둘렀다.

그 순간 아르디엔의 신형이 바람처럼 튀어나갔다.

그의 손이 쟈칼의 손목을 잡았다. 이어 주먹이 녀석의 안면을 강타했다.

쟈칼이 볼썽사납게 복도에 구겨졌고, 잠에서 깬 베르체스가 아르디엔을 보았다.

"아… 렌?"

"치잇!"

쟈칼이 자신의 허벅지를 양손으로 쓸어 올렸다. 그러자 그의 열 손가락 사이에 여덟 개의 대거가 끼워졌다.

대거 하나하나엔 맹독이 묻어 있었다.

"홉!"

쟈칼이 양손을 교차시키며 흩뿌렸다.

여덟 개의 대거가 아르디엔에게 피할 공간을 주지 않고 일제히 날아들었다.

하지만 애초부터 아르디엔을 그것을 피할 생각이 없었다.

아르디엔은 한 손을 크게 휘둘렀다.

순간 놀라운 일이 벌어졌다.

아르디엔에게 날아오던 대거들이 방향을 바꾸어 전부 쟈칼에게 날아간 것이다.

'…이런 미친!'

푸푸푹!

"크윽!"

쟈칼은 자신의 대거를 다 피하지 못했다.

대거 세 개가 그의 양다리에 나누어 꽂혔다.

아르디엔이 한 발을 앞으로 내딛었다.

쟈칼의 지척에 다다랐다. 그 상태에서 손날에 오러를 실어 크게 휘둘렀다.

서걱!

"악!"

쟈칼의 두 다리가 깨끗이 잘려 나갔다.

아르디엔은 쟈칼을 이대로 편히 죽일 생각이 없었다.

그에게 얻어내야 할 정보가 있다.

맹독이 퍼져 버렸다면 그런 정보를 얻을 새도 없이 쟈칼은 죽었을 것이다.

그래서 다리를 잘랐다.

"이름."

아르디엔이 물었다.

쟈칼은 대답하지 않았다.

아드리엔이 검지를 세웠다. 그리고 쟈칼의 늑골 사이로 집어넣었다.

픽!

"크으윽!"

검지가 두 마디나 살을 뚫고 들어갔다.

아르디엔이 다시 물었다.

"이름."

"……."

여전히 대답이 없었다.

아르디엔은 집어넣은 손가락을 구부렸다. 뼈 한 대가 걸렸
다. 그대로 손을 당겼다.

빠직!

"아악!"

자칼의 살갗이 찢어지며 하얀 뼈가 살을 뚫고 튀어나왔다.

그 광경을 지켜보던 베르체스가 미간을 찌푸렸다.

"무슨 일이야?"

잠에서 깬 아로아가 놀라서 복도로 튀어나왔다.

베르체스가 얼른 그런 아로아의 눈을 가렸다.

"봐서 좋을 게 없어요."

"네? 방금 아렌 아니었어요?"

"맞아요. 그런데 다른 사람도 있어요."

"누구요? 케이아스?"

"아니오."

그때 아르디엔이 다시 쟈칼에게 물었다.

"이름."

"그냥 죽여라."

쟈칼이 결국 입을 열었다. 하지만 아르디엔이 원하는 대답

은 아니었다.

아르디엔이 오러를 불의 기운으로 바꿨다. 그의 손에 붉은 기운이 어렸다. 아르디엔은 그 손으로 쟈칼의 왼팔을 문질렀다.

치이이익!

"크아아악!"

왼팔의 살가죽이 다 타버리며 일그러진 속살이 드러나 흉측하게 변했다.

고기 타는 냄새가 복도에 진동했다.

아르디엔은 이미 한 번 타버린 살을 또다시 불로 지졌다.

치이이이익!

쟈칼은 정신이 아찔해지는 고통 속에서 어찌할 바를 몰라 했다.

"크으으으아아아아악!"

아르디엔은 쟈칼의 오른팔도 똑같이 지졌다. 그러고서 상의를 뜯어낸 다음 환희 드러난 가슴과 배를 보며 물었다.

"이름."

"죽이란 말이다!"

치이이익!

배와 가슴도 지졌다.

"아아악!"

이어, 쟈칼의 손톱을 하나하나 뽑기 시작했다.

툭. 툭. 툭. 툭.

"끄으으!"

이런 잔인한 짓을 하는 아르디엔에게는 일말의 표정 변화
도 없었다.

쟈칼의 정신이 빠르게 황폐해져 갔다.

그는 어쌔신이다.

그것도 문 새도우에서 서열 3위의 자리를 꿰찬 실력있는
어쌔신이다.

어쌔신들은 비밀엄수를 잘해야 한다.

그것이 어쌔신이 될 수 있는 첫 번째 항목이다.

비밀을 엄수하려면 적에게 인질로 잡혔을 때, 자살하는 방
법이나 고문을 참는 방법 등 여러 가지를 공부하고 체득해야
한다.

그런데 지금은 자살을 할 새도 없었고, 고문을 참을 인내력
도 점점 사라지는 중이었다.

아직까지는 겨우겨우 입을 열지 않고 있었지만 그게 언제
까지 갈지 알 수 없었다.

아르디엔의 고문 강도는 더 강해졌다.

그가 타버린 쟈칼의 팔 근육을 얇게 포 떠서 조금씩 뜯어냈
다.

쟈칼은 아찔한 고통과 돌아버릴 듯한 광경 속에서 미치기 일보 직전에 다다랐다.

"이름."

"쟈, 쟈칼… 크허헉."

드디어 쟈칼이 사실을 토로하기 시작했다.

"어디 소속이지?"

"문… 섀도우."

'문 섀도우.'

아르디엔이 그 이름을 되뇌었다.

지금은 소수정예들로만 이루어진 소규모의 암살 집단이지만, 꾸준히 세를 불리며 후에는 제국에 붙어버린 반란 귀족의 편에 서서 그들의 끄나풀 노릇을 하게 된다.

'잘 만났다, 이 개자식들아.'

아르디엔의 피가 확 끓어올랐다.

"네놈들의 본거지가 어디냐."

"마, 말할 수 없어."

오락가락하는 정신 속에서 잠시 이성을 되찾은 쟈칼이 고개를 저었다.

아르디엔이 망설임없이 늑골뼈 세 대를 연달아 뜯어냈다.

드드드득!

"으아악!"

이어 화상을 입어 피와 고름이 맺힌 근육을 다시 포 떴다.

"으아! 아아악!"

"어디냐."

쟈칼은 눈물, 콧물, 침으로 범벅이 되어 처량한 몰골로 말했다.

"서쪽 숲 속… 깊은 곳."

그 정도면 충분히 찾을 수 있었다.

"베르체스의 목을 가져오라 한 사람이 누구지?"

"자, 자벨라 자작……."

"그렇군."

필요한 대답을 전부 듣고 난 아르디엔이 바닥에 떨어진 대거 한 자루를 들었다.

그리고 쟈칼의 왼쪽 가슴에 깊이 박아 넣었다.

푸욱!

"……!"

쟈칼이 눈을 부릅뜬 채 고개를 떨궜다.

숨이 끊어졌다.

*   *   *

아르디엔은 쟈칼의 시체를 재빨리 치우고 복도를 깨끗이

닦았다.

상황이 어느 정도 정리되고 나자 아로아가 물었다.

"어떻게 된 거예요?"

아르디엔이 대답했다.

"자벨라 자작이 어쌔신을 고용해 베르체스를 죽이려 했어
요."

"네?"

아로아가 놀라 쩍 벌어진 입을 손으로 가렸다.

베르체스가 아르디엔에게 고개를 숙였다.

"고마워요. 당신한테 또 빚을 졌네요."

"괜찮습니다."

"괜찮지 않아요. 벌써 두 번이나 내 목숨을 구해줬어요. 그
것만으로도 이미 당신은… 저한테 평범한 상대로 남긴 틀렸
다구요."

"무슨 뜻인지."

"당신에게 호감이 생기려고 해요, 그것도 무척이나."

대놓고 고백이다.

아로아는 암살자가 베르체스를 죽이러 왔다는 사실을 들
었을 때만큼이나 놀랐다.

'대놓고 고백이네?'

그리고 어쩐지 마음 한 켠이 짜르르 저려왔다.

'뭐야, 내가 괜히 왜 이래?'

예상 못한 베르체스의 고백과 자신의 반응에 당황스러웠
다.

아르디엔은 아로아를 가만히 바라보다 말했다.

"아직 저는 누군가를 받아들일 마음이 없습니다."

대쪽같은 거절이다.

아로아는 괜히 안심이 되었다.

그때 레인보우 펍의 문이 열렸다.

아로아와 베르체스가 잔뜩 긴장해서 입구를 바라보았다.

달빛을 등지고 들어선 건 다행히도 케이아스였다.

"아르디엔, 갑자기 사라졌다 했더니 여기 있었어? 이 새벽
에 나만 빼놓고 뭐하고들 있었던 거야?"

"케이아스."

"응?"

"아로아와 베르체스를 지켜."

케이아스는 이런저런 전후사정도 모르면서 활짝 웃으며
검지와 엄지를 말아 보였다.

"오케이~"

아르디엔이 화의 뿌리를 없애기 위해 펍을 나섰다.

'문 섀도우, 자벨라 백작. 날 잘못 건드렸어.'

Chapter 12
가을밤의 악몽

아르덴 전기

아르디엔은 파보츠를 나와 서쪽의 숲으로 들어섰다.

그리고 기감을 확장시켰다.

숲 속으로 깊이 들어갈수록 한 장소에 뭉쳐 있는 날카로운 기운들이 확연히 느껴졌다.

아르디엔은 기운이 몰려 있는 곳으로 움직였다.

그곳엔 작은 산채가 있었다.

아르디엔은 거침없이 몸을 날려 산채의 문을 어깨로 들이받으며 들어섰다.

그러자 사방에서 암기들이 날아들었다.

타타타탁!

아르디엔이 신기와 같은 손놀림으로 그 암기들을 모두 되쳐 냈다.

푸푹! 푹!

"으윽!"

"악!"

자신들이 던진 암기에 되맞은 어쌔신 셋이 그대로 바닥에 쓰러졌다.

어쌔신들의 암기엔 하나같이 맹독이 묻어 있었다.

쟈칼이 사용했던 것과 똑같은 독이다.

아르디엔의 사방에서 예리한 섬광이 번뜩였다.

지척으로 다가온 어쌔신들이 검을 휘두른 것이다.

하지만 아르디엔의 머리카락 하나 자르지 못했다.

아르디엔의 신형이 살짝 흔들리는가 싶더니 잔상을 남기고 사라진 것이다.

어쌔신들은 당황했다.

어디서도 아르디엔을 찾을 수가 없었다.

그는 보이지 않았고, 느껴지지 않았다.

문 섀도우의 리더 마르코도 아르디엔이 어디로 숨은 것인지 파악하지 못했다.

그러는 사이,

서거걱!

"……!"

어쌔신 세 명의 목이 깔끔하게 떨어져 나갔다.

아르디엔이 누군가의 롱소드를 빼앗아 휘두른 것이다.

마르코는 바닥을 구르는 부하들의 머리를 보며 등골이 서늘해짐을 느꼈다.

'우리 상대가 아니다!'

어디서 갑자기 나타난 놈인지도 모르겠고, 왜 문 섀도우를 공격하는지도 모르겠다.

한 가지 확실한 건 이대로 가다가는 모두 죽는다는 사실이다.

마르코는 의문의 사내, 아르디엔과 대화를 나누어야겠다고 생각했다.

"잠깐!"

그때,

서걱!

"끄으!"

또 다른 이의 목이 잘려 나갔다.

"대화를 하고 싶다!"

서거걱!

또다시 세 명의 목이 떨어졌다.

"기다려! 대화를 하자고! 네가 원하는 게 뭔지! 무슨 목적으로 이러는 건지!"

다시 둘의 머리가 바닥을 굴렀다.

이제 살아남은 어쌔신의 수는 마르코를 포함해 고작 넷.

이건 거의 문 섀도우가 무너졌다고 보는 게 옳았다.

"젠장할! 그만하라고!"

푹! 서걱!

어쌔신 한 명의 심장이 파이고 두 명의 목이 잘렸다.

이제 남은 어쌔신은 마르코 혼자였다.

"빌어먹을……."

"그게 네 유언이냐?"

아르디엔이 시퍼렇게 빛나는 눈으로 마르코를 바라보며 물었다.

"너… 누구냐."

아르디엔은 검을 들어 올리며 대답했다.

"너희의 미래를 바꾼 사람."

검이 아름다운 호를 그렸다.

서걱.

마르코의 시야에 비추어지는 세상이 빙글빙글 돌았다. 그의 머리에 둔탁한 충격이 왔다.

머리가 사라진 자신의 몸이 보였다. 모가지에서 피를 뿜으며 몸뚱이가 쓰러졌다.

'마지막이 정말… 더럽네.'

콰직!

아르디엔의 발이 마르코의 머리를 밟아 터뜨렸다.

조금 전까지 어쌔신들의 본거지였던 산채엔 시체와 혈향만이 가득했다.

*　　　*　　　*

자벨라 자작은 초조함에 손톱을 물어뜯었다.

"지금쯤이면 무슨 소식이 와야 하는 거 아니야? 그깟 계집 하나 죽이는 데 왜 이렇게 시간을 많이 잡아먹어?"

올리버가 자벨라 자작을 달랬다.

"진정하십시오, 자작님."

"지금 진정하게 생겼나? 그 계집은 확실하게 죽어야 돼. 돌아가서 입 한 번 잘못 놀리는 날엔 내 모가지가 날아가게 생겼단 말이야!"

'그러게 평소에 좀 잘하지.'

올리버는 차마 내뱉지 못하는 말을 속으로만 삼켰다.

그때 누군가 자작의 문을 두들겼다.

"오, 왔나?"

자벨라 자작이 올리버에게 눈짓했다.

올리버가 천천히 걸어가 문을 열었다. 아니, 열려고 했다.

푸욱!

"어……?"

갑자기 문에서 튀어나온 검이 올리버의 허벅지를 찔렀다.

"크윽!"

검이 다시 뽑혔다. 울컥거리며 피가 흐르는 허벅지를 움켜 쥔 올리버가 뒷걸음질 쳤다.

"오, 올리버!"

문이 조용히 열렸다.

그리고 붉게 물든 자루를 어깨에 들쳐 맨 아르디엔이 모습을 드러냈다.

아르디엔이 검지를 세워 입에 댔다.

조용히 하라는 뜻이다.

아르디엔의 전신에서 쏟아지는 엄청난 기도에 비명을 지르려던 자벨라 자작은 절로 입을 다물었다.

아르디엔은 어깨에 지고 있던 자루를 바닥에 던졌다.

그러자 안에서 쟈칼의 시체와 잘린 두 다리가 나왔다.

그걸 본 자벨라 자작이 헛구역질을 했다.

"욱! 우우욱!"

올리버는 다리의 통증도 잊고서 넋을 놓았다.

자벨자 자작이 시체를 외면했다. 아르디엔이 그의 코앞에 다가갔다. 그리고 멱을 잡아챘다.

"이, 이놈이 지금 무슨 짓을……!"

아르디엔의 엄청난 기도에도 자벨라 자작이 버릇처럼 호통을 치려 했다. 하지만 아르디엔의 손이 더 빨랐다.

짝!

"억!"

자벨라 자작의 왼뺨이 불에 덴 듯 화끈거렸다.

아르디엔에게 뺨을 맞은 것이다.

부러진 어금니 두 대가 피와 함께 튀어나왔다.

딱 한 대를 맞았을 뿐인데 머리가 빙빙 돌고 정신이 하나도 없었다.

"오, 올리버……!"

자벨라 자작이 나오지 않는 목소리를 쥐어짰다.

하지만 올리버는 자벨라 자작을 도와줄 마음이 없는 듯했다.

짝!

"억!"

아르디엔의 따귀가 또 한 번 이어졌다.

그가 자벨라 자작의 얼굴에 자신의 얼굴을 바짝 들이댔다.

그리고 눈을 똑바로 바라봤다.

"말해두는데, 지금부터 내가 시키는 대로 하지 않으면 너역시 저 꼴이 될 거야."

아르디엔이 쟈칼의 시신을 가리켰다.

"히익!"

자벨라 자작은 헛숨을 들이켰다.

'이, 이런 거지 같은!'

속에서 욕이 차올랐다.

베르체스를 죽이라고 보냈던 쟈칼은 시체가 되어 돌아왔다.

어떻게든 자기편으로 만들려 했던 아르디엔은 사신이 되어 찾아왔다.

꼬였다.

꼬여도 엄청나게 꼬였다.

아르디엔의 강함은 익히 봐서 알고 있다.

올리버는 지금 무용지물이다.

하지만 아무리 실력의 차이가 많이 난다 하더라도 주군을 지키려는 노력조차 하지 않는다는 건 문제가 있었다.

자벨라 자작은 심한 배신감을 느꼈다.

"네가 쟈칼을 보냈더군."

"무, 무슨 소리? 난 그러지 않았네."

자벨라 자작은 일단 잡아떼고 봤다.

"그러지 않았다?"

"그, 그래!"

"이미 쟈칼이 다·불었어. 어설픈 개수작 부리지마."

"저, 정말이네! 내 말을 믿어줘! 난 쟈칼이 누군지도 몰라!"

"마르코는 너를 안다던데."

"마, 마르코가? 그 미친놈이 무슨 개소리를 지껄……!"

"마르코까지 알고 있군."

"헙!"

자벨라 자작이 말실수를 해버렸다.

이제 빼도 박도 못하게 되었다.

"문 섀도우는 오늘부로 세상에서 지워졌다."

"…뭐?"

"방금 놈들의 목을 치고 왔다."

말도 안 되는 일이라 믿고 싶었다.

하지만 아르디엔의 실력이라면 충분히 그러고도 남는다는 걸 자벨라 자작은 잘 안다.

"올리버."

아르디엔이 자작의 호위기사를 불렀다.

"……"

올리버는 대답 없이 아르디엔을 바라봤다.

"이자가 파보츠의 영주로서 어울린다고 생각하나?"

잠시 고민하던 올리버는 고개를 저었다.

"오, 올리버! 네놈이 감히!"

올리버는 원래 파보츠 출신이다.

반면 자벨라 자작은 파보츠 출신이 아니다.

자신의 고향이 좀 더 살기 좋은 도시가 되었으면 하는 것이 올리버의 바람이다.

하지만 자벨라 자작은 아무것도 하질 않았다.

그게 늘 불만이었다.

자벨라 자작이 오기 전까지는 스콜피언 같은 깡패 집단도 없었다.

그저 스콜피언의 우두머리인 디트리히가 케이아스와 함께 가끔 못된 짓을 일삼을 뿐이었다.

그런데 자벨라 자작으로 인해 작은 도시 파보츠는 완전히 개판이 되었다.

그것을 아르디엔이라는 자가 바로잡으려 하고 있었다.

그는 스콜피언을 와해시켰고, 케이아스를 진창 속에서 빼내 주었으며 고블린 삼백여 마리를 상대로 파보츠를 지켰다.

이방인인 그가 일주일도 안 되는 시간에 벌인 일들이 자벨라 자작이 몇 년간 해온 업적보다 더 많았다.

"죄송합니다, 자작님. 자작님께서는 이 도시의 주인이 될 자격이 없으십니다."

그 말이 자벨라 자작에겐 마치 사형 선고처럼 들렸다.

"자벨라 자작의 재무관리는 누가 하지?"

아르디엔이 물었다.

올리버가 우물쭈물하다가 수치스러운 얼굴로 대답했다.

"제가 합니다."

"집사는?"

"그는 말만 집사일 뿐, 실제로는 자작님의 술친구나 다름 없습니다."

막가도 한참 막가는 집구석이다.

기사가 집사 대신 자작의 재무관리를 맡고 있다니.

"자작의 재무 관련 계약 서류들을 전부 가져와라."

"알겠습니다."

올리버는 아르디엔의 명대로 행했다.

아르디엔은 평민이고 그는 기사다.

그런데 아르디엔의 하대가 이상하지 않았다. 올리버 자신 도 자연스럽게 아르디엔에게 경어를 쓰며 그의 말을 듣고 있 었다.

아르디엔의 손에 두꺼운 서류 뭉치가 쥐어졌다.

그가 서류를 슥 훑어보았다.

어려운 단어도 많고 내용도 복잡하며 그 양이 꽤 되었다. 하지만 엄청난 속독을 자랑하는 아르디엔에겐 오 분이면 읽을 수 있는 분량이었다.

게다가 하멜의 일족에게 전해져 내려오는 힘, 절대기억력으로 서류의 내용을 전부 기억할 수 있었다.

"자벨라 자작. 저기에 앉아."

아르디엔이 자작의 방에 놓인 책상을 가리켰다.

자벨라 자작은 고분고분 아르디엔의 말에 따랐다.

"종이 한 장을 꺼내고 펜에 잉크를 먹여. 그리고 지금부터 내가 불러주는 대로 적어. 만약 다른 내용을 적거나, 내 말을 듣지 않을 경우엔."

아르디엔은 쟈칼의 시체를 턱짓했다.

"저 정도로 끝나진 않을 거야. 넌 열 조각을 낸 다음, 다시 한 번 다져서 산짐승의 밥으로 던져줄 거야."

펜을 쥔 자벨라 자작의 손이 파르르 떨렸다.

이건 협박이 아니다.

허튼소리를 하는 것도 아니다.

한다. 저 인간은 분명히 한다.

그런 확신이 들었다.

자벨라가 준비를 마치자 아르디엔이 말을 이었다.

"적을 내용은 간단하다. 나, 자벨라 칸 자작은 지금 이 시간 부로 내 모든 재산을 파보츠에 환원하고 영주의 자리를 포기한다. 아울러 차기 영주로는 스트라이더 가문의 알버트 스트라이더를 추천한다."

"아, 알버트?!"

알버트 스트라이더라는 이름이 호명되자 자벨라는 물론이고 올리버까지 놀라 버렸다.

알버트 스트라이더는 스트라이더 백작 가문에서 가장 무용지물에다 방랑벽이 심한 망나니 장남으로 통하는 인물이다.

하지만 그의 진가는 난세에서 드러난다.

그가 다스리는 파이룽 영지는 제국과의 전쟁에서 최후의 최후까지 버티다가 가장 마지막에 함락되었다.

모든 것이 알버트 덕분이었다.

아르디엔은 알버트를 지금부터 난세에 던져 놓을 작정이었다.

그는 난세에 있어야 크는 사람이다.

앞으로 파보츠는 무수한 몬스터들의 습격으로 결국엔 요새화되고 만다.

이 도시 자체가 작은 난세다.

"어서 적어."

"크으윽!"

자벨라 자작이 쉽사리 펜을 놀리지 못했다.

아르디엔이 올리버의 허리춤에서 검을 뽑았다. 그리고 매섭게 휘둘렀다.

따악!

"아악!"

자작이 의자 채로 옆으로 넘어갔다.

아르디엔은 검날로 자벨라 자작을 벤 게 아니다. 검날의 넓은 면으로 후려쳤다.

그대로 죽어버리는 줄 알았던 자벨라 자작은 피가 줄줄 흐르는 뺨을 움켜쥐고 헉헉 댔다.

"이번엔 정말로 벤다. 빨리 적어."

자벨라 자작이 후다닥 바로 앉아 펜을 들고 글을 적어나갔다.

내용은 아르디엔이 일러주었던 것과 토씨 하나 틀리지 않았다.

"인장을 찍어라."

"크흐흑."

자벨라 자작은 서러움이 밀려들었다.

어린애처럼 울면서 붉은 초에 불을 붙였다. 그 촛농을 종이에 떨어뜨린 뒤, 손에 낀 반지의 인장을 찍었다.

자벨라 자작의 자필에다가 인장까지 찍힌 문서가 완성됐다.

이제 빼도 박도 못한다.

가슴이 갈기갈기 찢어지는 것 같았다.

돈도 권력도 하룻밤에 다 사라지고 말았다.

그야말로 악몽이었다.

올리버는 올리버 나름대로 착잡했다.

다 좋은데, 왜 하필이면 자벨라 자작과 다른 쪽으로 평판이 안 좋은 알버트 스트라이더를 후임 영주로 추대한 것인지 알 수가 없었다.

하지만 아르디엔은 거기에 대해서 아무런 설명도 해주지 않았다.

시간이 흐르면 절로 이유를 알게 될 테니 말이다.

물론 알버트 본인은 이곳의 영주로 오려 하지 않을 것이다.

아무리 전영주가 후임 영주의 임명권을 가지고 있다고 해도 본인이 싫다고 하면 그만이다.

그러나 아르디엔은 알버트의 아버지이자 현 스트라이더가의 가주인 레이먼 스트라이더의 성정을 잘 알고 있다.

그는 자식들을 엄하게 가르치기로 유명하다.

알버트는 그 엄한 규율을 지키기가 힘들어서 툭하면 가출을 시도했다.

물론 얼마 못 버티고 레이먼이 풀어버린 기사와 사병들에게 붙잡혀 오곤 했다.

동생들은 레이먼의 판박이라고 할 만큼 자기관리가 철저

하고 문무를 게을리하지 않는다. 그런데 장남인 알버트는 도저히 레이먼의 핏줄이라고 보기가 힘들 정도였다.

얼굴은 제일 닮았으면서 성정은 가장 달랐다.

때문에 레이먼은 늘 알버트를 성장시킬 기회만 보고 있는 중이다.

이번에 파보츠의 영주로 추대된다면 레이먼이 분명히 알버트를 무조건 파견 보낼 것이다.

알버트의 각성은 자신이 무언가를 책임져야 하는 중요한 위치에 앉았을 때 위기가 닥쳐와야 일어난다.

파보츠의 영주만큼 적당한 자리가 없다.

"끄흐… 끅끅."

아르디엔은 서글프게 우는 자벨라 자작을 무시하고서 서류를 잘 챙겼다. 그것은 시청에 보내질 것이고 시청 공무원들은 자벨라 자작의 원대로 그의 재산을 파보츠 소속으로 돌린 뒤, 알버트 스트라이더를 차기 영주로 초대할 것이다.

모든 것이 끝났다.

아르디엔이 올리버에게 다가갔다. 그리고 귓속말을 건넸다.

"시체는 여기에 두고 가겠어. 자벨라 자작은 평소의 행실 때문에 많은 이들에게 원망을 받고 있었지. 쟈칼은 문 섀도우의 어쌔신이야. 그런데……"

아르디엔이 빼앗았던 올리버의 검에 쟈칼의 피를 묻혀 돌려주었다.

"자네가 쟈칼을 베고 쟈벨라 자작을 구해냈지. 한데 쟈벨라 자작은 생명의 위협을 받고서 된통 겁을 집어먹게 된 거야. 그래서 자작의 자리를 내놓겠다고 한 거지. 이게 내 시나리오다."

아르디엔이 올리버를 지나쳐 발코니로 다가갔다.

그러자 올리버가 아르디엔에게 물었다.

"왜 저한테는… 기회를 주시는 겁니까?"

"너는 왜 평민인 내게 존대를 하는 거지?"

"평민이… 맞습니까?"

아르디엔이 피식 웃었다.

"쟈벨라 자작을 명을 따르는 네 눈동자엔 늘 갈등이 어려 있었다. 그게 모든 것을 말해주었지. 이다음에 모시게 되는 주군에게는 충성을 다해라. 분명 네게 해가 되지 않을 테니."

알버트 스트라이더를?

올리버가 고개를 절레절레 흔들었다.

아르디엔이 발코니를 열고 나갔다.

그의 뒤에 대고 올리버가 마지막 질문을 던졌다.

"당신은 누굽니까?"

휘이이잉—!

활짝 열린 발코니에서 차가운 바람이 확 밀려들었다.

올리버가 손으로 시야를 가리며 미간을 찌푸렸다.

바람에 실린 아르디엔의 목소리가 몽환적으로 들려왔다.

"미래를 바꾸는 자."

올리버가 시야를 가린 손을 치웠다.

발코니에는 아무도 없었다.

Chapter 13
상그레이 산맥의 광산

아르덴 전기

하룻밤 사이에 파보츠가 발칵 뒤집혔다.

자벨라 자작은 그의 호위기사 올리버에게 자신의 모든 재산을 파보츠에 환원하고 영주의 자리를 내려놓겠다는 서약서 한 장을 남긴 채 자취를 감췄다.

올리버는 그 서류를 시청에 보여주었다.

공무원들은 대환영이었다.

당장 자벨자 자작의 재산을 전부 거두어 들였다.

물론 자작의 저택은 영주에게 임대해 주는 시청 소속의 재산이니 빼앗아가고 자시고 할 것도 없었다.

자벨라 자작이 영주를 그만뒀다는 소식은 정오가 되기도 전에 파보츠 전역으로 퍼져 나갔다.

그에 치안대장 고르단은 가슴을 쓸어내렸다.

스콜피온이 무너져 더 이상 자벨라 자작에게 바칠 돈이 없었다.

그래서 아르디엔을 체포해 살인죄로 법의 심판을 받게 한 뒤, 옥살이를 시키고 나서 스콜피온을 부활시킬 작정이었다.

한데 자벨라 자작이 떠나 버렸다니 이보다 더 좋을 순 없었다.

하지만 그것은 고르단의 착각이었다.

올리버는 자벨라 자작 대신 아르디엔과 했던 약속을 지켰다.

치안대장 고르단을 범죄 조직 스콜피온과 부적절한 거래가 오고 갔다는 명목하에 그 장부까지 압수해서는 파직시켰다.

고르단은 최소 10년 형을 면치 못할 것이다.

아울러 스콜피온의 멤버들은 전부 파보츠 밖으로 추방하라 명했다.

이로써 스콜피온부터 치안대장 고르단, 그리고 자벨라 자작까지 파보츠의 암적인 존재들이 하루아침에 사라졌다.

시민들은 드디어 행복한 시절이 오는 것인가 하며 좋아했다.

그런데 점심 나절 들려온 소식은 시민들의 기분을 한 방에 다운시켜 놓았다.

"후임으로 오는 영주가… 알버트 스트라이더라는데?"

"이런 미친!"

"개 쌍!"

*   *   *

파보츠에서 상그레이 산맥까지는 말로 달려서 꼬박 다섯 시간이 걸린다.

하지만 아르디엔이 전력을 다해 질주하면 삼십 분 안에 도착 가능하다.

아르디엔은 베르체스에게 식수와 음식, 그리고 혹여라도 살아남은 인부들을 후송할 넓은 짐마차와 의사를 대동하고서 천천히 따라오라 일렀다.

베르체스는 이게 무슨 소리인가 싶었다.

한데 아르디엔은 베르체스에게 광산의 대략적인 위치를 듣더니 쏜살같이 사라졌다.

말이 달리는 것과는 비교도 안 되는 속도였다.

*   *   *

상그레이 산맥은 그라함 왕국의 서쪽 등줄기를 타고 내려온다.

그만큼 크고 길고 넓다.

하지만 아르디엔은 베르체스가 말해준 위치를 귀신같이 찾아냈다.

"여기군."

넓게 파내던 광산의 입구가 무너져 돌덩이들도 막혀 있었다.

아르디엔이 기감을 넓혔다. 청력도 극도로 끌어올렸다.

광산의 안쪽에서 미약한 숨소리가 들렸다. 꺼져가는 생명의 기운도 느껴졌다.

아르디엔은 얼른 주먹에 오러를 모았다.

그리고 있는 힘껏 막힌 입구를 향해 휘둘렀다.

콰앙!

엄청난 소리와 함께 돌덩이들이 터져 나갔다.

위험한 짓이다.

이미 1차 붕괴가 왔던 갱도에 또다시 충격을 가하다니.

2차 붕괴가 일어날지도 모르는 상황이다.

하지만 아르디엔에겐 문제가 되지 않았다.

주먹질 한 방으로 막힌 입구가 뻥 뚫렸다.

우르릉! 하고 갱도가 몸살을 앓았다.

곧 다시 무너질 판이다.

아르디엔의 몸이 쏜살처럼 튀어나갔다.

그리고 눈 깜짝할 새, 세 명의 인부를 데리고서 광산 밖으로 나왔다.

콰르르릉!

광산의 입구가 다시 막혔다.

상관없었다.

어찌 되었든 꺼져 가는 생명을 살렸다.

아르디엔이 오러를 세 명의 인부에게 불어 넣었다.

오러라는 것은 기본적으로 생명의 기운이다.

오러를 주먹에 실거나 무기에 실어 휘두르면 무시무시한 살상 무기가 된다.

그러나 오러 본연의 기운을 타인에게 주입하면 생명의 에너지가 된다.

조금 전까지 곧 죽을 듯이 미약한 숨을 내쉬던 인부들이었다.

오러가 몸 안에 들어가자 점차 호흡이 세졌다. 창백하던 얼굴에 핏기운이 돌았다.

오러는 세포 하나하나에 영양분을 공급해 준다.

하지만 이 정도로는 부족하다.

한동안 잘 먹고 잘 쉬면서 요양을 해야 빠져나간 기운이 다시 돌아온다.

아르디엔이 인부들을 볕이 들지 않는 나무그늘에 눕혔다.

하늘을 보았다.

지금은 햇빛이 세지만 가을이니만큼 해가 지면 금방 추워질 것이다.

아르디엔은 어딘가로 걸음을 옮겼다.

*   *   *

아르디엔은 어디서 거대한 불곰 한 마리를 잡아 돌아왔다.

한 손에는 인부들이 사용하던 물통에 물까지 가득 담겨 있었다.

일단 인부들에게 물부터 먹인 아르디엔은 곰의 가죽을 벗기고 내장을 꺼낸 뒤, 뼈와 살을 해체했다.

이미 라우텐에 있을 때 이런 작업은 숱하게 해왔다.

어려울 게 없었다.

다음으로는 나무를 이용해 불을 지폈다.

마른 나뭇가지들을 끌어모아 불을 크게 일으키고 그 위에다 꼬챙이에 꽂은 곰 고기를 굽기 시작했다.

곰 가죽도 나무를 바닥에 꽂아 만든 거치대에 잘 얹어 불가에다 건조시켰다.

해가 떨어질 무렵,

아르디엔은 곰 가죽을 세 개로 찢어 인부들에게 나눠주었다.

잘 익은 고기로 인부들이 배를 채우도록 했다.

그제야 인부들이 몸을 겨우 가눌 수 있게 되었다.

정신도 제법 돌아왔다.

다행히 큰 상처를 입은 사람은 없었다.

해가 완전히 지고 땅거미가 몰려왔다.

쌀쌀한 바람이 불었다.

그제야 베르체스가 마차와 짐마차를 대동하고서 현장에 도착했다.

*　　　*　　　*

인부들을 수습해서 짐마차에 태워 먼저 돌려 보낸 뒤, 베르체스는 무너지는 광산을 보며 한숨 쉬었다.

"하아, 이래서야 광산을 뚫는 데 또 오랜 시간이 걸리겠네요."

"아니오. 제대로 된 기술자 한 명만 있으면 광산을 뚫는 건 일도 아닙니다."

"그런 분을 알고 있나요?"

"우리 모두가 알고 있습니다."

"그게 누구죠?"

베르체스는 무심코 물었다가 눈을 동그랗게 떴다

"설마……."

"맞습니다. 드워프입니다."

*　　　*　　　*

라우덴에서의 하루 일과가 끝났다.

하지만 데젤은 어제 이후 아직까지 바르타인에게 별다른 시비를 걸어오지 않았다.

어제 예고한 대로라면 오늘 한바탕해야 하는 게 맞다.

사건은 잠들기 전, 세면을 하는 시간에 벌어졌다.

데젤이 세면실로 향하는 바르타인의 뒤로 다가왔다.

"씻고 자려고?"

바르타인이 뒤돌아섰다.

그 순간 데젤의 주먹이 날아들었다.

바르타인은 그것을 피하고 반격을 가했다.

데젤 역시 바르타인의 주먹을 쉽게 피했다.

서로 한 번씩 공격을 주고받았다.

"제법 날카로워졌네, 애송이."

데젤이 혀로 입술을 핥았다.

"제대로 붙어보자."

바르타인은 그동안 아르디엔의 말대로 말라스에게 타격기를 배웠다.

데젤을 이긴다는 확신은 없었다.

하지만 그에게 질 것 같다는 생각도 들지 않았다.

바르타인은 정말 열심히 훈련에 임해왔다.

그 결과 짧은 시간 동안 말라스의 타격기를 전부 자신의 것으로 체득했다.

어느덧 두 사람의 주변으로 러스트리옴과 그랑로드, 그리고 데시에도르의 아이들이 빙 둘러섰다.

데젤이 바르타인의 구석구석을 살피다가 한순간 치고 들어왔다.

쐐애액!

매서운 파공성을 흘리며 데젤의 주먹이 바르타인의 옆구리를 노렸다.

퍼억!

바르타인이 상체를 숙이고 팔꿈치로 주먹을 막았다.

데젤의 멱을 끌어 잡아 박치기를 했다.

팍!

"큭!"

데젤이 가까스로 손을 올려 바르타인의 머리를 밀어냈다.

바르타인은 그대로 데젤을 들어서 바닥에 내리꽂으려 했다.

바르타인의 괴력은 그야말로 무시무시했다.

데젤은 제대로 저항 한 번 못해보고 머리부터 거꾸로 처박힐 판이었다.

하지만 그가 괜히 러스트리옴의 일인자인 건 아니었다.

데젤의 허리가 급격히 접히더니 두 다리가 바르타인의 팔을 뱀처럼 옭아맸다. 그 상태에서 두 손으로는 바르타인의 손목을 잡아 틀었다.

데젤이 다리와 양손에 힘을 주며 허리를 쫙 폈다.

빠드득!

"큭!"

콰앙!

"윽!"

바르타인의 팔뼈가 부러졌다.

데젤은 바닥에 등을 심하게 부딪쳤다. 숨이 턱턱 막혔지만, 이내 고통은 사라졌다.

하지만 바르타인은 팔이 부러졌으니 이제 한쪽 팔밖에 사용하지 못한다.

"끝났군."

데젤이 비리게 미소 지었다.

'큰일이야.'

바르타인이 바짝 긴장했다.

데젤의 말대로 이렇게 끝날지도 모른다.

그렇게 되면 그랑로드는 다시 러스트리옴의 눈치를 보며 살아야 한다.

비굴한 패배자의 삶으로 되돌아가야 하는 것이다.

그럴 수는 없었다.

"이제 그냥 누워!"

데젤이 빠르게 달려들었다.

바르타인의 눈엔 바람을 가르며 날아드는 그의 주먹이 맹수의 송곳니처럼 보였다.

'두려워하면 안 돼! 주먹을 보지 않는다! 살을 내어주고 뼈를 친다!'

바르타인의 시선이 날아드는 주먹에서 비어버린 데젤의 옆구리로 향했다.

쒜애액!

바르타인도 주먹을 내질렀다.

퍼어억!

데젤의 주먹이 바르타인의 얼굴에 정확히 틀어박혔다.

"크흑!"

"크크큭!"

바르타인이 휘청거렸고 데젤은 비웃음을 흘렸다.

그런데,

"쿨럭!"

웃고 있던 데젤이 피를 토했다.

"커허헉!"

그가 자신의 옆구리를 바라봤다.

뼈가 모조리 부러져 움푹 들어가 있었다.

바르타인의 주먹에 정통으로 얻어맞은 것이다.

게다가 그 부위는 상당한 고통이 동반되는 급소다.

"크하악! 하악!"

데젤이 숨도 제대로 쉬지 못하고서 괴로워했다.

비틀비틀 뒷걸음질치던 데젤이 결국 눈을 까뒤집으며 쓰러졌다.

"크흐."

바르타인은 겨우 다리에 힘을 주어 바로 섰다.

동시에 그랑로드의 아이들이 환호성을 질렀다.

와아아아아아아아!

그랑로드는 데젤을 상대로 다시 한 번 서열 1위의 자리를 지켜냈다.

러스트리옴의 아이들은 풀이 팍 죽었다.

한편 이를 지켜보던 카오란의 입가에 희미한 미소가 어렸다.

*   *   *

베르체스와 아르디엔은 마차에 올라 파보츠로 돌아가는 중이었다.

"드워프에게 도움을 청한다구요?"

베르체스가 도저히 못 믿겠다는 듯 말했다.

"네."

"그 자존심 센 종족이 도와주려 할까요?"

"도와줄 겁니다. 자존심이 센 만큼 괴짜들도 많은 게 드워프란 종족입니다."

"글쎄요. 과연 어떨지……."

"그러기 위해선 기사의 작위가 필요합니다."

"네? 그건 또 무슨 말이죠?"

베르체스의 눈이 가늘어졌다.

하루라도 빨리 기사의 작위를 받으려고 괜한 말을 하는 게 아닌가 싶었다.

"드워프들은 기본적으로 인간을 싫어합니다. 모든 종족을

다 싫어하긴 하지만 그중에서도 유독 인간을 탐탁지 않아 합니다. 하지만 그나마도 드워프가 인정하는 인간은 기사입니다."

"왜죠?"

"기사들에겐 보통의 인간에게서 보기 힘든 충직과 의리가 있다고 믿으니까요. 실제로 그렇기도 합니다. 기사 이외의 다른 귀족들 역시 싫어합니다."

"그럼 아렌에게 기사의 작위를 주면 바로 드워프에게 도움을 청하러 가겠다는 말인가요?"

"그렇습니다."

그게 과연 가능할까 싶었다.

하지만 눈앞의 사내는 지금껏 불가능할 것이라 여겨왔던 일들을 모조리 해냈다.

하룻밤 사이에 그녀가 본 일들만 해도 그렇다.

게다가 베르체스의 목숨을 두 번이나 구해줬다.

'이 사람이라면……'

베르체스의 마음에 믿음이라는 감정이 금세 크게 불어났다.

"알았어요. 서둘러서 아버님께 아렌에 대한 이야기를 전하고 기사의 작위를 내리도록 해볼게요."

      *   *   *

아르디엔과 베르체스가 레인보우 펍에 돌아왔을 땐, 홀을 가득 메운 손님들로 시끌벅적했다.

"아로아! 여기 맥주 더 줘!"

"예쁜이! 닭 한 마리 더 내와!"

"케이 오빠! 우리도 맥주~!"

여기저기서 밀어닥치는 주문으로 아로아는 정신이 하나도 없었다.

케이아스는 그 와중에도 싱글벙글 웃는 낯으로 여유롭게 서빙을 하는 중이었다.

"케이아스! 좀 더 빨리 빨리 움직이지 못해요!"

"급하게 살면 급하게 가는 법. 여유를 가지라고."

"지금 여유부릴 상황이 아니잖아요!"

베르체스가 갑자기 바뀌어 버린 레인보우 펍의 상황에 혀를 내둘렀다.

"어젯밤엔 파리만 날리더니 오늘은 대박 났네요?"

그제야 아로아는 아르디엔과 베르체스를 보게 되었다.

"아, 두 사람! 잘 왔어요!"

"네?"

"저 좀 도와주세요!"

"…네?"

"아르디엔은 주방에서 나 도와주고, 베르체스는 서빙 좀
해줘요!"

베르체스가 황당하게 아로아를 바라봤다.

"나… 귀족인데."

*　　　*　　　*

결국 아르디엔과 베르체스도 펍의 일을 도와야 했다.

한 번도 이런 일을 해보지 않은 베르체스였지만, 막상 시작
하니 삼십 분도 지나기 전에 익숙해졌다.

케이아스는 몇 시간 동안 홀을 보면서도 주문을 계속 헷갈
리지 않나, 만들어진 음식을 다른 테이블에 나르지 않나 실수
투성이였다.

하지만 베르체스가 합류하고 나서부터는 단 한 건의 실수
도 일어나지 않았다.

케이아스가 얼빠진 짓을 하려 치면 베르체스가 금세 바로
잡아 주었다.

더불어 주방 쪽에도 전보다 여유가 생겼다.

아르디엔은 아로아가 놀랄 정도로 요리를 잘했다.

초반에는 몇 번 실수를 하는가 싶더니 이후부터는 번개 같

은 손놀림으로 주문이 들어오는 요리들을 척척 만들어냈다.

　게다가 맛도 아로아가 만드는 것보다 훨씬 좋았다.

　"아렌, 요리 해봤어요?"

　"숲 속에서 노숙할 때만 산짐승들을 잡아서 몇 가지 간단한 음식만 해봤어요. 대부분은 구워 먹었고."

　"그런데 왜 이렇게 능숙해요?"

　"처음에는 능숙하지 못했습니다. 제대로 된 주방기구를 다뤄 본 적이 없었으니까."

　"그게 더 신기해요. 그새 주방 기구를 사용하는 게 손에 익었다는 거잖아요?"

　"기본적인 지식은 모두 머릿속에 담겨 있습니다. 실전 경험이 부족해서 그렇지."

　"말도 안 돼……."

　완전 괴물이었다.

　싸움도 잘해, 외모도 끝내줘, 게다가 요리까지 수준급이다.

　뭐 하나 빠지는 게 없다.

　아로아와는 완전히 다른 종족 같았다.

　　　　　*　　　　*　　　　*

　새벽녘이 되어서야 손님들이 모두 물러가고 평화가 찾아

왔다.

네 사람은 뒷정리를 하며 담소를 나누었다.

"하아~ 정말 전쟁이었어."

아로아가 바닥을 닦으며 푸념했다.

"자벨라 자작이 쫓겨나니까 사람들이 막 몰려드네."

케이아스가 손님이 남긴 안주를 집어 먹으면서 말했다.

"대부분 아렌을 보겠다고 찾아왔었어요."

"맞아, 아렌은 이미 파보츠의 영웅 같은 존재니까. 벌써 아렌에 대한 무용담이 확 퍼졌어."

두 사람의 얘기를 들으면서도 아르디엔은 아무런 표정의 변화가 없었다.

오히려 베르체스의 어깨가 올라갔다.

'정말 대단한 남자야.'

처음에는 소년으로 대했지만, 이제 그녀의 눈에 아르디엔은 남자로 비추어졌다.

그렇게 또 하루가 지나갔다.

Chapter 14
위기일발

아르덴 전기

다음 날.

베르체스는 아침 일찍부터 파보츠를 떠나기 위해 준비했
다.

얼른 라피엔 후작가로 돌아가서 그녀의 아버지 칼도르 라
피엔에게 상황보고를 올린 뒤, 아르디엔에게 후작의 작위를
내려주어야 했다.

"최대한 빨리 돌아올게요."

말에 오른 그녀가 아르디엔에게 말했다.

"말 한 필을 더 구할 수 있습니까?"

"네? 그건 왜……."

"케이아스와 함께 가십시오. 그는 오러를 다룰 줄 압니다. 별 볼 일 없는 용병 열 명을 대동하는 것보다 훨씬 나을 겁니다."

케이아스가 오러를 다룰 줄 안다는 말에 베르체스의 표정이 밝아졌다.

"그렇게만 해준다면 저야 좋지만……."

베르체스의 시선이 케이아스에게 향했다.

케이아스는 흔쾌히 고개를 끄덕였다.

"아렌의 말이라면 무엇이든 오케이야."

"좋아요. 그럼 역관에서 당장 말 한 필을 더 사도록 할게요."

"케이아스, 잘 부탁할게."

"걱정하지 마. 그럼 가실까요, 레이디?"

케이아스가 베르체스에게 팔을 내밀었다.

베르체스는 훌쩍 말에 올라 먼저 역관으로 달려갔다.

완전히 무시당했다.

"풉!"

그 광경에 아로아는 웃음을 터뜨렸다.

케이아스는 뒷머리를 긁적이고서는 터덜터덜 베르체스의 뒤를 따라 걸었다.

＊　　＊　　＊

레드는 아르디엔을 찾는데 혈안이 되어 있었다.

여태껏 라우덴 근처의 도시는 물론이고 더 먼 곳까지 하루를 빼먹지 않고 이 잡듯 뒤졌지만, 아르디엔의 행적에 대해서 알아낸 바가 없었다.

"이 쥐새끼 같은 게 대체 어디에 숨은 거야?"

들리는 도시마다 가까운 곳에 있는 도둑 길드, 어쌔신 길드를 찾아 아르디엔의 몽타주를 뿌리고 추적을 의뢰했다.

한데 그 어느 곳에서도 아르디엔을 찾았다는 보고가 들어오지 않았다.

심지어 문 새도우라는 어쌔신 길드는 아르디엔의 추적을 의뢰한 지 사흘 만에 괴멸되었다.

그것을 문 새도우의 산채를 찾았다가 오늘에서야 알았다.

한 사람의 소행인 것 같은데 누가 그런 짓을 저지른 건지 알 수 없었다.

흔적을 남기지 않았다.

"갈수록 태산이네."

이제 어디를 더 찾아봐야 할지도 막막했다.

레드는 문 새도우에게 아르디엔을 샅샅이 찾아보라 일렀

던 파보츠에 들렀다.

의뢰를 맡긴 지 얼마 되지 않아서 이 꼴이 났으니 그동안 제대로 추적을 해보지 못했을 가능성이 높았기 때문이다.

어둠에 몸을 숨기고서 도시 곳곳을 돌아다니던 레드가 문득 시장기를 느꼈다.

"배나 좀 채울까."

어디에 들르는 것이 좋을까.

파보츠는 다 좋은데 딱히 맛있는 음식을 파는 집이 없다는 게 별로였다.

그런데 시장 거리 한 켠에 유독 사람들로 북적거리는 펍이 눈에 들어왔다.

"레인보우 펍?"

레드가 가게 앞에 서서 가만히 간판을 바라보다가 안으로 들어섰다.

*　　*　　*

베르체스와 케이아스가 떠나 버렸기 때문에 서빙은 아로 아가, 주방일은 아르디엔이 맡아서 했다.

사실 주방을 아로아가 봐야 하는 건데 아르디엔의 실력이 더 좋으니 어쩔 수 없이 홀로 나와야 했다.

딸랑.

문이 열리며 작은 종이 울렸다.

"어서오세요~!"

아로아의 인사에 붉은 가면으로 눈을 가린 여인이 빙긋 웃었다.

여인의 등장에 홀에 있던 모든 사람들의 시선이 일제히 집중되었다.

그녀의 몸에서 풍겨지는 기운 자체가 강렬했던 것도 있었지만, 가면을 쓰고 다니는 행태가 특이했기 때문이다.

레드는 비어 있는 테이블에 가서 앉았다.

아로아가 메뉴판을 들고와 레드의 앞에 놓아주려 했다.

그러자 레드가 말했다.

"여기서 가장 맛있는 음식으로."

"술은요?"

"맥주 한 잔."

"알겠습니다~!"

아로아가 주방으로 다가가 소리쳤다.

그녀가 생각하기에 레인보우 펍에서 가장 맛있는 음식은 가장 비싼 음식이다.

"아렌! 고기야채 모듬구이 한 접시!"

고기야채 모듬구이는 레인보우 펍에서 파는 모든 종류의

고기와 채소가 구워져 특유의 향신료와 양념을 바른 뒤, 한 접시 가득 담겨 나오는 요리였다.

성인 장정 셋이 먹어도 충분할 만큼의 양이다.

여자 혼자 먹기에는 무리다.

하지만 그건 아로아의 사정이 아니다.

그녀는 자기 기준에 가장 맛있는 것을 주문했기에.

한데 여인의 표정이 좋지 않았다.

'설마 이제 와서 다른 메뉴로 바꾸겠다는 건 아니겠지?'

아로아는 그렇게 생각했지만, 레드는 메뉴 따위 어찌 되어도 상관없었다.

지금 그녀를 흔든 것은 아렌이라는 이름 때문이었다.

'아렌……?'

아르디엔.

아렌.

충분히 애칭으로 불릴 만한 이름이다.

레드가 자리에서 벌떡 일어섰다. 그리고 주방으로 다가갔다. 그 앞을 아로아가 막아섰다.

"손님, 무슨 일이세요?"

"주방을 좀 봐도 될까요?"

"주방은 손님에게 공개할 수 없는데요?"

"주방에서 일하는 분이 남자인가요?"

아로아가 레드를 살짝 경계했다.

'뭐야? 이 여자도 아렌에 대한 소문을 듣고 온 거야?'

레인보우 펍을 찾는 여자들은 하나같이 아렌의 얼굴을 한 번만이라도 보고 싶어서 안달을 낸다.

'우리 도시 사람은 아닌데… 이사 왔나? 아니면 그새 아렌의 소문이 옆 도시까지 퍼졌나?'

이렇듯 저렇든 딱히 맘에 들지는 않는다.

"그건 왜 물어보세요?"

"내가 아는 사람 같아서요."

'아렌을 아는 사람?'

그 말에 아로아의 호기심이 동했다.

사실 아르디엔은 그동안 아로아에게 자신의 이야기를 조금도 해주지 않았다.

아로아가 틈날 때마다 아르디엔에게 본인 얘기를 해달라고 졸랐지만, 그때마다 아르디엔은 입을 꽉 다물어 버렸다.

원래도 말수가 적은데 과거 이야기만 꺼내면 벙어리가 되어버리니 답답할 노릇이었다.

"잠시만요."

아로아가 주방으로 들어갔다.

"아렌."

"네?"

고기를 굽고 있던 아르디엔이 아로아를 바라보았다.

"누가 찾아왔는데요?"

"나를요?"

"네. 어떤 여성분인데… 아렌이 자기가 아는 사람 같다고…….

그때 레드가 주방으로 불쑥 들어섰다.

아로아가 깜짝 놀라 소리쳤다.

"손님! 이러시면 안 된다니까요!"

순간 레드와 아르디엔의 시선이 허공에서 마주쳤다.

'레드!'

아르디엔은 속으로 외쳤지만 겉으로는 일말의 동요도 드러내지 않았다.

"절 아신다구요?"

아르디엔이 레드에게 물었다.

레드가 날카로운 시선으로 아르디엔의 곳곳을 훑었다.

그녀의 입가에 진한 미소가 어렸다.

『아르디엔 전기』 2권에 계속…

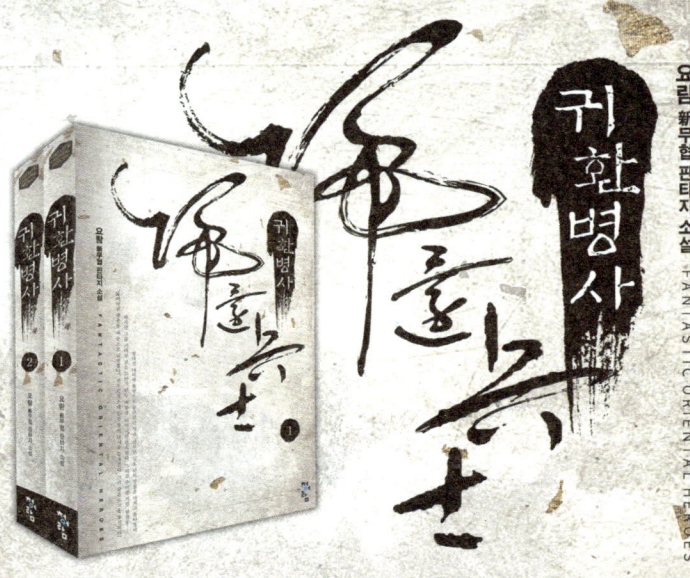

요람 新무협 판타지 소설 · FANTASTIC ORIENTAL HEROES

국내 최대 장르문학 사이트를 휩쓴 화제작!
여름의 더위를 꺼뜨리며 차가운 북방에서 그가 온다.

『귀환병사』

열다섯 나이에 북방으로 끌려갔던 사내, 진무린
십오 년의 징집을 마치고 돌아오다.

하지만 그를 기다린 것은 고아가 된 두 여동생, 어머니의 편지였다.
그리고 주어진 기연, 삼륜공……

"잃어버린 행복을 내 손으로 되찾겠다!"

진무린의 손에 들린 창이 다시금 활개친다.
그의 삶은 뜨거운 투쟁이다!

Book Publishing CHUNGEORAM

유행이 아닌 자유추구 -
WWW.chungeoram.com

FUSION FANTASTIC STORY

HUNTER MOON

헌터 문

이훈 장편 소설

보름달이 떠오르면 밤의 사냥이 시작된다.
헌터문(Hunter-Moon), 사냥꾼의 달.

귀계의 밤이 열리며 저물지 않는 달이 떠올랐다.
실제 없는 힘을 좇아 명맥을 이어온 퇴마사들.

이제 그들로 인해 세상이 뒤바뀐다.
[미녀들과 귀신 탐험대]의 사이비 퇴마사 예웅종과
그의 가족들이 펼치는 좌충우돌 퇴마기.

"퇴마사는 얼어 죽을! 그거 다 쇼야!"
"저기 하늘에 구멍이 뚫렸는데요?"
"으잉?"

Book Publishing CHUNGEORAM

유행이 아닌 자유추구 -
WWW.chungeoram.com

허담 新무협 판타지 소설

FANTASTIC ORIENTAL HEROES

수선경
水仙經

작은 샘이 바다로 모여들 듯,
만류의 법이 하나로 회귀하듯,
다섯 개의 동경이 드디어 하나로 모인다.

검을 만드는 사람과
검을 쓰는 사람,
그리고 검을 버리는 사람의 이야기!

천명을 타고 태어난 청풍과 강검산
그리고 혈로를 걸어온 살수 타유,
그들이 다섯 줄기의 피의 숙명과 마주한다.

Book Publishing CHUNGEORAM

유행이 아닌 자유추구 -
WWW.chungeoram.com